Zum Buch:

Im verschlafenen Hafenstädtchen Getaria hält sich die Kriminalität eigentlich sehr in Grenzen. Seit dem aufsehenerregenden Mord an einer jungen Frau sind vier Monate vergangen. Comisario Rafael Ibara hat sich wieder an den gemächlichen Rhythmus des Baskenlandes gewöhnt. Doch dann ist es mit seiner Ruhe vorbei, als die Köchin und Besitzerin eines sehr erfolgreichen Restaurants erstochen in ihrer Küche aufgefunden wird. Erneut übernimmt Comisario General Miguel Arbós aus Bilbao die Ermittlungen. Für ihn zählt nur, den Fall möglichst schnell abzuschließen. Wenn nicht der Lebensgefährte der Täter sein kann, so Arbós, dann muss einer der anderen Restaurantbesitzer im Ort für den Mord verantwortlich sein, das Motiv: Neid. Comisario Ibara muss sich nun nicht nur mit diesem unliebsamen Vorgesetzten, sondern auch einer ganzen Reihe weiterer Gerüchte herumschlagen – doch zuallererst macht er sich auf die Suche nach einem mysteriösen Rezeptbuch, das der Toten gehört haben soll …

Zum Autor:

Julen Zabache ist das Pseudonym eines deutschen Autors, der bereits einige Romane veröffentlicht hat. Er arbeitet als Hochschuldozent, reist gern und hält das Baskenland für eine der unterschätztesten Regionen Europas. Sein Spanisch ist ausbaufähig, doch sich die richtigen »pintxos« zu bestellen, bekommt er anstandslos hin. Zabache lebt mit seiner Familie in einem kleinen Ort, in dem die Menschen noch eher Bücher lesen, als Filme zu streamen – und das nicht nur, weil schnelles Internet fehlt.

Lieferbare Titel:

Baskischer Tod

Julen Zabache

Baskischer Neid

Rafael Ibara ermittelt

Kriminalroman

HarperCollins

1. Auflage 2022
Originalausgabe

Dieses Werk wurde vermittelt durch die
Michael Meller Literary Agency GmbH, München.
Umschlaggestaltung von zero-media.net, München
Umschlagabbildung von font83 / Getty Images und
Pakhnyushchy / Shutterstock
Gesetzt aus der Stempel Garamond
von GGP Media GmbH, Pößneck
Druck und Bindung von CPI books GmbH, Leck
Printed in Germany
ISBN 978-3-7499-0351-1
www.harpercollins.de

Klimaneutral
Druckprodukt
ClimatePartner.com/15109-2009-1001

MIX
Papier
FSC FSC® C083411

Für Michaela

SONNTAG, 1. MÄRZ

PROLOG

Paola Ortiz schnaufte vor Anstrengung, während sie blindlings mit der Fußspitze nach der nächsten Stufe tastete. Die Kartons mit den Konservendosen voller passierter Tomaten schienen Tonnen zu wiegen. Die wievielten waren es? Sie konnte schon nicht mehr zählen, wie oft sie von der Straße in den Keller gegangen war – der Laderaum des Transporters wurde einfach nicht leerer. Immerhin waren die verderblichen Lebensmittel schon sicher im Kühlschrank verstaut.

Mit der Zungenspitze zwischen den Lippen trat Paola einen Schritt tiefer. Die hölzernen Stufen der alten Kellertreppe knarzten unheilvoll. Ungefähr die Hälfte hatte sie geschafft. Paola lief der Schweiß über den Rücken, trotz des kühlen Luftzugs, der aus dem jahrhundertealten Gewölbe emporwehte. Vielleicht hatte sie sich doch etwas zu viel aufgeladen. Ihre Arme brannten vor Schmerz.

Zwei weitere Stufen schaffte sie noch, dann gab sie auf. Polternd setzte sie die Kartons auf den Stufen ab und ließ sich danebenplumpsen. Im Geiste hörte sie Raul schimpfen, weil sie so stur war, immer alles selbst machen wollte und allein zum Großhandel gefahren war, statt auf ihn zu warten. Und jetzt lud sie auch noch die ganzen schweren Kisten selbst aus … Es war März, ein grauer Tag mit kühlem Nieselregen. Die Lebensmittel würden keinen Schaden nehmen, wenn sie ein paar Stunden länger im Transporter liegen würden.

Aber dann hätte sie den Wagen wegfahren und unten im Hafen parken müssen, dann, sobald Raul eingetroffen war, wieder hinlaufen und ihn herbringen. Zu viele Umstände. Besser, sie hielt sich ran und verstaute die restlichen Vorräte, damit sie nachmittags in der Küche herumexperimentieren konnten. Denn darum ging es hier doch.

Entschlossen streckte Paola sich und stand auf. Sie nahm nur die beiden obersten Kartons und stieg im dämmrigen Licht in den Keller, den sie in den vorangegangenen Wochen frisch gestrichen und mit Metallregalen ausgestattet hatten. Die Decke des alten Gewölbes hing tief, es bestand sogar für Paola, die kaum ein Meter sechzig groß war, an manchen Stellen die Gefahr, sich den Kopf zu stoßen. Wie viele Beulen sich Raul schon geholt hatte, wusste sie nicht.

Sorgfältig räumte sie die Kartons neben Olivengläsern ins Regal, dann holte sie den Rest. Dabei stellte sie fest, dass es viel besser war, mit weniger Gewicht häufiger zu laufen. Paolas Stärke war Ausdauer, nicht Kraft. Übermütig nahm sie auf dem Weg nach oben zwei Stufen auf einmal.

Das hätte sie nicht tun sollen – die Treppe war uneben, die alten Holzbretter tückisch. Prompt stolperte sie ein paar Stufen vor der Kellertür und schlug sich das Knie an. Fluchend landete sie auf dem Hintern und konnte sich gerade noch am Geländer festhalten, bevor sie die gesamte Treppe wieder hinunterfiel. Das Geländer knackte und schwankte jedoch so sehr, als würde es jeden Augenblick unter der Belastung nachgeben. Hastig rappelte Paola sich auf. Sie hatte sich die linke Handfläche an der rau verputzten Wand aufgerissen, ihr Knie pochte.

Immer noch fluchend beugte sie sich vornüber und rang um Atem. Das Blut rauschte in ihren Ohren. Das hatte sie nun davon. Raul würde sich ganz sicher kaum entscheiden können, ob er sie für ihre Dummheit ausschimpfen oder auslachen sollte. Geschah ihr recht. Und zu allem Überfluss war jetzt auch noch die Treppe kaputt. Eines der beiden Holzbretter der Stufe war geborsten und stand nun in einem gefährlichen Winkel aufrecht.

Paola zerrte an dem Holz, um das Brett komplett zu entfernen. Beiläufig bemerkte sie, dass sie mit der linken Hand blutige Flecken hinterließ.

Dann stutzte sie und beugte sich weiter hinab, um in der trüben Beleuchtung etwas zu erkennen. Unter der Stufe war ein Hohlraum. Sie zögerte. Neugierig, wie sie war, wollte sie hineingreifen, aber der Gedanke an fette Spinnen, Asseln oder Mäuse hielt sie davon ab.

Paola wischte sich die Hand an der Jeans ab und zog ihr Smartphone aus der hinteren Hosentasche. Damit leuchtete sie in die Nische. Ihr Blick fiel auf ein Päckchen, das gegen die Feuchtigkeit mit einer Plane umwickelt war, wie Fischer sie benutzten. Wie nannte sich die, »Ölhaut«?

Vorsichtig zog sie das Päckchen zu sich heran. Alte Schnur zerbröselte zwischen ihren Fingern. Sie richtete sich auf und ließ die Reste der Schnur achtlos fallen. Die Ölhaut fühlte sich glatt und weich unter ihren Fingern an. Wie viele Jahre hatte sie den Inhalt trocken gehalten?

Dann hielt sie eine verblasste blaue Kladde in der Hand und schlug sie auf. Auf der ersten Seite stand ein Name. Er wäre kaum zu entziffern, wenn Paola ihn nicht gekannt hätte: »Maria Izguierre« stand dort in zittriger Handschrift, der Name der verstorbenen Vorbesitzerin dieses Hauses, das bis vor einigen Jahren eine *taberna* gewesen war und nun wieder ein Restaurant werden sollte.

Paola blätterte durch die eng beschriebenen Seiten und traute ihren Augen nicht. Das waren Rezepte. Allein vom Lesen lief ihr das Wasser im Mund zusammen.

Sie ließ sich auf die Treppe sinken und blätterte, darauf bedacht, die Seiten nicht mit Blut zu verschmieren. Sie erinnerte sich, dass Marias *taberna* einen ausgezeichneten Ruf gehabt hatte. Das war einer der Gründe für sie und Raul gewesen, genau dieses Haus zu kaufen und das Abenteuer der eigenen Gastronomie überhaupt einzugehen. Sie hofften, dass die Einheimischen in Getaria sich an diesen Ruf erinnerten und neugierig genug waren, Paolas und Rauls Küche auszuprobieren. Lachend hatte Raul behauptet, dass dieser Ort eine ganz besondere Aura hätte, die ihnen die nötige Energie für ihre ambitionierten Pläne geben würde. Dabei hatte er gezwinkert und behauptet, natürlich nicht an so etwas zu glauben. Paola war sich bei Bemerkungen wie dieser nicht immer so sicher, ob er es nicht zumindest ein klein wenig ernst meinte. Ihr Lebensgefährte war gebürtiger Jamaikaner, und seine Mutter kannte sich bestens mit allerlei Voodoo-Praktiken aus, sprach sogar angeblich mit Loas.

Paola rieb sich ihr pochendes Knie.

Aber vielleicht war an solchem Glauben wirklich etwas dran. Nicht in Form von Geistererscheinungen, sondern der eines dummen Stolperns und eines schmerzenden Knies, das einem ein altes Rezeptbuch bescherte. Ihre Mutter, tiefgläubige Katholikin, würde behaupten, ein wohlmeinender Engel habe ihr dieses Buch in die Hände gelegt. Loa oder Engel, war das jetzt wirklich ein so großer Unterschied?

Paola war sich jedenfalls sicher, dass sie die Möglichkeit in den Händen hielt, sich in die oberste Liga der kulinarischen Genüsse zu kochen.

Lautes, anhaltendes Hupen riss sie aus ihren Gedanken. Der Transporter versperrte immer noch die Straße.

Sie klappte das Buch zu und wickelte es behutsam wieder in die Ölhaut. Sie würde den Rest der Lebensmittel erst einmal ausladen und oben an die Treppe stellen, und dann musste sie diese Stolperfalle beseitigen. Bis dahin war Raul hoffentlich zurück, und sie konnten sich gemeinsam in der Küche über das Buch hermachen.

Paola seufzte. Und das, wo Geduld nun wirklich nicht zu ihren Stärken zählte.

MITTWOCH, 10. SEPTEMBER

SIEBEN MONATE SPÄTER

1.

»Und, was denkst du?« Es fiel Rafael Ibara schwer, die Miene seiner Kollegin Casta Zamorra zu deuten.

Sie stand beinahe unbeweglich in dem schmalen Hausflur und beugte sich in Richtung einer der drei Türen, um in die Räume dahinter zu schauen, als hätte sie Sorge, etwas kaputt zu machen.

»Du kannst ruhig hineingehen. Es riecht zwar noch nach Farbe, aber die sollte inzwischen trocken sein.«

»Danke.« Ungewöhnlich wortkarg war sie auch.

»Weißt du, was? Ich warte draußen. Nimm dir Zeit.« Ibara wandte sich zur Haustür und verließ die Wohnung. Im Hof hielt er Ausschau nach Josh, Zamorras kleinem Sohn. Er entdeckte ihn in der Nähe des ehemaligen Hühnerstalls, wo er auf den Fußballen hockte und mit dem konzentrierten Ernst eines Vierjährigen einen Stock in den sandigen Boden bohrte. Einen guten Meter hinter ihm stand Whoopy, die Australian-Shepherd-Hündin der Ibaras, und beobachtete ihrerseits das Menschenkind mit geneigtem Kopf.

Ibara ging zu den beiden. »Und, was gefunden, Josh?«

Der Junge hielt ein weißes Etwas in die Höhe. »Was ist das?«

Ibara trat näher. Von diesem Fundstück wäre Joshs Mutter ganz sicher wenig begeistert: Das war der vergammelte Rest eines Schinkenknochens. Ibara warf einen tadelnden Blick auf die Hündin. Whoopy begann zu hecheln, was ein wenig so aussah, als lachte sie. Dazu blickte sie zu ihrem Herrchen auf und wedelte unsicher mit dem Schwanz.

»Oh, Josh, leg das wieder hin. Das ist … ein Spielzeug von Whoopy.«

»Ach so. Okay.« Er sprang auf die Füße und warf seinen Fund zu Boden. Wie ein beigebrauner Blitz sprang Whoopy nach vorn, schnappte sich den Knochen und rannte damit hinter den Hühnerstall, wo sie ihn vermutlich wieder verbuddeln und dann vergessen würde.

Ibara ging in die Hocke und streckte die Hand aus. »Komm, Josh, wir gehen zu deiner Mutter. Wie gefällt es dir hier?«

»Gut. Ich mag den Esel.«

»Rucio? Ja, der ist wirklich nett.«

»Und der Baum da, darf ich darauf klettern?«

»Da müssen wir erst deine Mama fragen. Aber heute nicht.«

»Och, schade.« Josh schürzte die Unterlippe.

Gemeinsam überquerten sie den Hof von Ibaras Schwiegermutter Finia in Richtung der beiden Wohngebäude. Vor dem kleineren blieben sie stehen. Ibara nahm Josh auf den Arm, der begonnen hatte, die Rinde von seinem Stock abzupulen. Er betrachtete die Kate und empfand ein wenig Stolz. Über den gesamten Sommer hatte er, immer wieder mit tatkräftiger Unterstützung, die Außenmauern neu verputzt, neue Fenster eingesetzt und abgedichtet. Außerdem hatten sie von der frei liegenden Holzkonstruktion unter dem Dach und den Fensterläden die alte Farbe abgebeizt und alles in leuchtendem Blau neu gestrichen. Auch die Holzelemente und die Tür des größeren Wohnhauses rechts daneben strahlten in frischem Blau. Im Inneren der Kate waren die Holzböden abgeschliffen und die Wände tapeziert worden. Fehlte nur noch die geplante Außentreppe, um in die obere Etage zu gelangen, ohne die untere zu betreten, und es wären zwei schöne Ferienwohnungen, die sie eigentlich im kommenden Frühjahr an Gäste hatten vermieten wollen. Eigentlich.

Zamorra kam aus dem Haus und schloss ihre Uniformjacke als Schutz gegen den Wind. Als sie Ibara und Josh sah, huschte ein wehmütiges Lächeln über ihr Gesicht. »Ihr versteht euch schon gut, was?«

»Ja, warum nicht?« Ibara ließ den Jungen zu Boden. Eher zögernd lief er zu seiner Mutter und zeigte ihr den Stock.

Sie bewunderte ihn angemessen und wandte sich dann Ibara zu. »Das ist eine schöne Wohnung. Die Zimmer sind etwas klein, aber völlig ausreichend für mich und den kleinen Señor.« Sie stockte.

»Höre ich da ein *Aber*? Was spricht dagegen?«

»Der Preis.«

»Es ist kein Problem, wenn du weniger …«

»Nein, ich will nicht *noch weniger* bezahlen. Wenn ihr das als Ferienwohnung vermietet, bekommt ihr das, was ich im Monat bezahlen würde, in einer Woche. In der Hochsaison mindestens noch ein Drittel mehr. Ich dagegen … Das geht nicht.« Sie schüttelte nachdrücklich den Kopf.

»Dafür zahlst du Monat für Monat, das gesamte Jahr hindurch. Es sind sichere und kalkulierbare Einkünfte für Finia. Eine Ferienwohnung steht im Winter leer und bringt dann nichts ein. Am Ende kommt es auf dasselbe raus.«

»Das glaubst du doch selbst nicht.«

Ibara schwieg resigniert. Sie hatten das mindestens schon ein Dutzend Mal diskutiert. Seit Joshs Vater sie vor ungefähr vier Monaten hatte sitzen lassen, versuchte Zamorra, sich allein mit ihrem Sohn durchzuschlagen. Als einfache Polizistin verdiente sie keine Reichtümer, daher kam es für sie nicht infrage, weniger zu arbeiten. Sie hatte aber auch keine Verwandten, die in der Nähe lebten und zumindest zeitweise auf den Kleinen aufpassen oder ihn aus dem Kindergarten abholen konnten. Daher war Ibara im Laufe der Renovierung in den Sinn gekommen, ihr eine der beiden Wohnungen anzubieten. Es musste ja nicht für immer sein, nur, bis sich eine andere Lösung anbot.

Insgeheim hatte Ibara sogar den Gedanken, dass seine Tochter Isobel die ein oder andere Stunde auf Josh aufpassen konnte. Sie würde das gern machen, da war er sicher. Aber davon hatte er noch nichts gesagt. Er wusste genau, dass Zamorra nur mit Abwehr und Trotz auf so einen Vorschlag reagieren würde, denn sie war überzeugt, dass solche Angebote aus reinem Mitleid gemacht wurden. Im Gegensatz zu ihr ging Ibara davon aus, dass sich das alles von selbst finden würde, sobald sie und Josh erst einmal auf den Hof gezogen wären. Wenn sie aber nicht einmal dieses Angebot annahm?

Whoopy kam hinter dem Hühnerstall wieder hervorgelaufen, die Nase und die Vorderpfoten voller rotbraunem Dreck. Mitten auf dem Hof hielt sie inne und reckte die Nase witternd in die Luft. Dann rannte sie plötzlich wild kläffend in Richtung Pferdeweide, wo Isobels Stute Cinderella und der Esel Rucio sie mit neugierig gespitzten Ohren beobachteten, ohne sich dabei aus der Ruhe bringen zu lassen. Josh klatschte begeistert in die Hände und sagte etwas auf Baskisch zu seiner Mutter, die ihm lächelnd zustimmte.

Ibara gab sich einen Ruck. »Überlege es dir. Wir …«

Das Klingeln von Zamorras Smartphone unterbrach ihn. Sie zog es hervor und steckte es sofort wieder weg, ohne das Gespräch anzunehmen. »Was soll das? Ich habe den Rest des Tages frei.«

Das Telefon verstummte, und fast zeitgleich ertönte Ibaras. Er zog es heraus. »Scheint wichtig zu sein.«

»Rafael, gut, dass ich dich erreiche«, klang ihm die Stimme seiner Kollegin Alba Olea aus der *Comisaría* entgegen.

»Was gibt es, Alba?«

»Stell dir vor, in Getaria haben sie die Leiche von Paola Ortiz gefunden. Kennst du sie? Ihr gehört dieses geniale Restaurant. Die Meldung ging heute früh ein, der Chef hat sich persönlich darum gekümmert. Inzwischen sind die Kollegen aus Bilbao da, das große Aufgebot.«

»Bitte sag jetzt nicht, dass …?«

»Doch, Humpty Dumpty ist wieder vor Ort. Du kannst ja nach Getaria fahren und ihn fragen, ob du schon das Büro vorbereiten sollst.« Sie lachte.

Ibara fand das weniger witzig. Während der Ermittlung vor einigen Monaten, die Comisario General Miguel Arbós geleitet hatte, hatte er ohne zu fragen sein und Zamorras Büro in Beschlag genommen und komplett zugemüllt. Es hatte Ibara einen ganzen Vormittag gekostet, wieder alles aufzuräumen. Der Karton mit den Akten und Papieren, die dort großzügig verstreut und dann zurückgelassen worden waren, hatte Arbós erst Wochen später abholen lassen.

Er warf Zamorra, die sich inzwischen neugierig genähert hatte und fragende Gesten in die Luft malte, einen Seitenblick zu. »Ich fahre auf jeden Fall sofort nach Getaria, schließlich ist das immer noch mein Revier. Dann sehen wir ja, wie Humpty Dumpty sich die Zusammenarbeit vorstellt. Danke, Alba. *Adios!*«

Mit kurzen Worten erzählte er Zamorra, was passiert war. Dann erst wurde ihm die gesamte Tragweite bewusst. »Schon wieder eine Tote.«

Zamorra scheuchte ihren kleinen Sohn bereits vor sich her Richtung Auto. »Ich bringe Josh zum Kindergarten. Wir treffen uns auf dem Parkplatz am Hafen.«

»Ich dachte, du hast frei?«

»Ja. Aber eine Tote, und noch dazu eine so prominente? Das lasse ich mir doch nicht entgehen.«

2.

Gegen elf Uhr stieg Ibara auf dem Parkplatz am Hafen aus seinem Seat Arona. Es war ruhig, zu früh für die wenigen Reisenden, die es noch im Herbst hierher verschlug. Sie würden erst am Nachmittag in die Stadt kommen, wenn sie ihre Wanderungen und Spaziergänge entlang der Küste beendet hatten. Ibara setzte seine Sonnenbrille auf und erlaubte sich einen ganz kurzen Moment, die spätsommerliche Wärme auf seinem Gesicht zu genießen.

Da Zamorra noch auf sich warten ließ, schlenderte er gemächlich in Richtung einer Treppe, die hinauf zur Altstadt von Getaria führte. Soweit er wusste, musste das Restaurant von Paola Ortiz hier ganz in der Nähe der *Katrapona Plaza* liegen. Auf halben Weg die Treppe hinauf schaute er sich noch einmal um und entdeckte den VW Touran seines Chefs, Subcomisario Andoni Mendoza, und eins der Polizeiautos in der Nähe der Mauer.

Ibara erreichte gerade das Ende der Treppe, als er Zamorra auf den Parkplatz einbiegen sah. Sie stieg aus und blickte sich suchend um, während er zu ihr hinabwinkte. Nachdem sie ihn entdeckt hatte und auf ihn zusteuerte, lehnte Ibara sich gegen die hüfthohe Mauer und beobachtete die Menschen auf der Plaza. Vor dem Restaurant, dessen kryptischer Name *XoX* in schwungvollen Goldbuchstaben auf den Panoramafensterscheiben zu lesen war, standen einige Neugierige und reckten die Hälse. Ein Polizist in der Uniform der lokalen baskischen Polizei *Ertzaintza* stand vor dem Eingang und hielt die Menschen davon ab, noch näher zu kommen. Die meisten gaben schnell auf und gingen weiter, neue Passanten gesellten sich zu den Wartenden. Zeigefinger wurden gereckt und Schultern gezuckt. Ibara konnte sich ziemlich gut denken, wie die Gespräche verliefen. Er war sicher, dass die gesamte Stadt bereits Bescheid wusste und sich den Rest, über den alle bis jetzt nur vermuten konnten, dazugedichtet hatte.

»Da bin ich.« Zamorra schnaufte kurz durch, bevor sie in Richtung Restaurant wies. Gemeinsam überquerten sie den Platz. Aus der Nähe erkannte Ibara auch den Polizisten, es war Javier Arbizu. Das bedeutete wohl, dass nicht nur die *Comisaría* in Zarautz alarmiert worden war. Die Polizeistationen waren heutzutage längst nicht mehr rund um die Uhr besetzt, und es konnte sein, dass ein Notruf etliche Kilometer weiter entfernt einging. Ibara konnte sich nicht genau erinnern, woher Arbizu kam, irgendwo aus einem Ort weiter im Landesinneren. Seinem Lächeln nach hatte jedenfalls sein Kollege nun auch ihn und Zamorra entdeckt.

Er winkte sie heran. »*Kaixo*, Casta, wieso in Uniform? Ich hatte gehört, du hättest frei.«

Erstaunt bemerkte Ibara, wie seine Kollegin sich verlegen abwandte. »Ich war bis heute Mittag im Dienst und hatte direkt danach etwas zu erledigen. Bin eher zufällig hier.«

»Neugierig, ja?« Arbizus Lächeln nach meinte er das nicht vorwurfsvoll.

Ihr schien seine Vermutung dagegen unangenehm zu sein. Sie hob unsicher die Schultern und blickte ihn immer noch nicht an. Natürlich konnte es bei Leuten, die Zamorra nicht so gut kannten, als sensationslüstern ankommen. Dabei war das nicht ihre Art – im Gegenteil, sie war eher von der besonnenen Sorte und hielt sich meistens zurück. Doch Getaria war ihr Revier, die Tote lag sozusagen mitten in ihrem Wohnzimmer, und das durfte einfach nicht sein. Da war Zamorras Motivation nicht nur verständlich, sondern geradezu obligatorisch.

»Javier, kannst du uns sagen, was passiert ist?«, fragte Ibara.

Arbizu wollte ansetzen, stockte jedoch und blickte sich hilflos um. Auf einmal war es Ibara so, als hätte sich die Menschenmenge während des kurzen Wortwechsels unauffällig etwas näher geschoben und schwieg nun erwartungsvoll, statt aufgeregt weiter zu tuscheln.

Ibara verstand. »Casta, komm, lass uns reingehen. Danke, Javier.«

Gerade, als sie das Restaurant betreten wollten, klingelte abermals Zamorras Telefon. Ibara wartete geduldig, während sie ein paar Schritte von ihm und der Menge fortging und das Gespräch annahm. Es folgte ein kurzer erregter Wortwechsel, den Zamorra schließlich resigniert beendete. Mit wütenden Schritten pflügte sie durch die Wartenden, die erschrocken zurücktraten, und zog ein Gesicht, als wollte sie am liebsten jemandem die Augen auskratzen.

»Josh hat sich nur fünf Minuten nach seiner Ankunft das Knie aufgeschlagen. Sie wollen, dass ich ihn abhole und sofort mit ihm zum Arzt fahre.« Sie blickte Ibara hilflos an, ihre Wut schlagartig wieder verpufft. »Ich habe den Eindruck, dass sie total überreagieren. Josh spielt schon wieder mit den anderen Kindern, sie sagen, dass ihm überhaupt nichts anzumerken wäre. Aber ich soll trotzdem kommen.«

»Dann musst du das.« Ibara drückte ihr mitfühlend die Schulter und schob sie dann in Richtung Treppe. »Na los. Ich werde dir alles bis ins letzte Detail berichten. Aber jetzt braucht dich dein Sohn.«

Zamorra knurrte ungehalten. »Ich habe eher den Eindruck, diese Erzieherin braucht mich. Aber natürlich hast du recht. Wir treffen uns später!«

Fort war sie.

Ibara blickte ihr kurz nach, dann hielt ihm Arbizu die Tür auf, und er betrat allein das *XoX*. Ein geschmackvoll eingerichteter Gastraum empfing ihn. Obwohl die Straßenfront mit dem Eingang komplett aus Glasfenstern bestand, brannten sämtliche Deckenleuchten und tauchten den Raum in grelles Licht. Zehn Tische standen entlang der Wände verteilt. Alle waren mit Tischdecken, Stoffservietten, mehreren Gläsern und dezenter Blumendekoration eingedeckt. In der Mitte des Raumes befand sich ein gemauerter Ziehbrunnen, auf dem verschiedene Weinflaschen, Gläser mit eingelegtem Gemüse und Oliven sowie kleine Holzkisten mit Käse präsentiert wurden. Efeuranken waren kunstvoll darum herum arrangiert. Ibara trat näher. Wie erwartet war der Brunnen eine Attrappe, im

Inneren derselbe hellgraue Fliesenboden wie im Rest des Raumes. Sogar der Efeu war nicht echt, was aber nur aus der Nähe zu erkennen war. Zwischen einigen Flaschen *Txakoli* stand ein Buch aufgeschlagen auf einem Ständer. Die linke Seite zeigte ein Paar, eine kleine Frau mit olivfarbenem Teint und schwarzem, sanft gewelltem Haar sowie einen dunkelhäutigen Mann mit Dreadlocks, der die Frau um mindestens einen Kopf überragte. Eine Fußzeile verriet, dass es sich um Paola Ortiz und Raul Fornier handelte. Beide trugen schwarze Kochkleidung. Gemeinsam lächelnd hielten sie ein Tablett mit *pintxos* vor sich. Rechts beschrieb ein Text die Zubereitung von geröstetem Brot mit einer raffinierten Tomatensalsa.

Ibara wandte sich von dem Brunnen ab und schaute sich weiter um. In der rückwärtigen Wand befanden sich zwei Durchgänge. Er steckte kurz den Kopf durch den rechten und erblickte wie erwartet eine Garderobe und eine Tür mit der Aufschrift »Toiletten«. Der linke Durchgang führte durch einen kurzen Flur in einen Vorraum mit Regalen voller Teller und Besteck. Von hier aus gingen zwei weitere Türen ab. Eine stand offen, dahinter war unverkennbar die Küche mit weiß gekachelten Wänden und silberfarbenen Anrichten und Herden.

Gerade als Ibara den Raum betreten wollte, kam ihm sein Chef Andoni Mendoza entgegen.

»Rafael, schön, dich zu sehen.« Der Ältere strich sich über den eisgrauen Schnurrbart und zog eine Grimasse. »Schreckliche Sache! Ich hatte Alba gesagt, dass sie dich anrufen soll, damit du dir ein Bild machen kannst.«

»Comisario Arbós wird weniger begeistert sein, mich zu sehen.«

»Das ist mir egal. Er mag viel Erfahrung haben und der leitende Mordermittler sein, doch das ist immer noch mein Revier. Ich habe ja nicht gesagt, dass du auf eigene Faust ermitteln sollst. Ich lasse mir aber nicht verbieten, hier auch meine eigenen Leute die Augen offen halten zu lassen.« Er verzog die Mundwinkel zu einem grimmigen Lächeln.

Ibara nickte zustimmend. Niemand in der *Comisaría* war bei der vorangegangenen Ermittlung mit Arbós' Verhalten einverstanden gewesen, es gab kaum eine Person, der der Ermittler aus Bilbao nicht auf die Füße getreten war. Mendoza verabschiedete sich mit einem Klaps auf die Schulter und verließ den Vorraum.

Ibara blieb unter dem Türrahmen zur Küche stehen. Die Spurensicherung hatte ihre Arbeit bereits abgeschlossen, von der Leiche war nichts mehr zu sehen. Nur ein einziger schlanker junger Mann stand noch über eine Metallkiste gebeugt und räumte geräuschvoll darin herum. Neben ihm auf der Ablage lag ein achtlos dahingeworfener weißer Ganzkörperoverall aus Gaze und Handschuhe neben einem Topf Basilikum sowie einem Netz Zitronen.

»Thierry? Thierry Arriola?«

Der junge Mann hob den Kopf und blickte sich um. Als er Ibara erkannte, lächelte er breit. »Der Spürhund von Zarautz! Dieses Mal hast du die Leiche aber nicht entdeckt, oder?«

»Nein, zum Glück nicht. Einmal reicht mir.« Ibara winkte lachend ab. Sie waren einander vor einigen Monaten begegnet, als Ibara die Leiche einer jungen Frau auf einem Haufen alter Knochen gefunden hatte. Im Rahmen der Ermittlung hatte Ibara außerdem in einem Ziegenstall eine Entdeckung gemacht, die niemand erwartet hätte, und Arriola, den eigentlich alle »Iturriko« nannten, war davon damals ziemlich beeindruckt gewesen. Ibara konnte nicht sagen, ob Iturriko und sein Spurensicherungsteam das Versteck im Stall nicht auch gefunden hätten – auf ihn hatte der junge Mann mit dem schwarzen Vollbart sehr gründlich und kompetent gewirkt.

»Darfst du mir erzählen, was sich hier abgespielt hat?«

»Warum nicht?« Er kickte mit dem Fuß gegen die Kiste, deren Deckel zuklappte. »Das ist kaum Täterwissen, hier ist außer der *Policía* schon die halbe Stadt durchgelaufen.« Er zog eine gequälte Grimasse. »Was uns die Arbeit nicht gerade leichter macht, logisch.«

Er zeigte auf den Boden. Ibara umrundete die frei im Raum stehende Anrichte und erblickte einen getrockneten dunklen Fleck. Darum herum waren unzählige teils verschmierte Schuhabdrücke auf den hellen Fliesen zu sehen. Dem Eimer mit rosa gefärbtem Wasser nach zu urteilen hatte bereits jemand notdürftig aufgewischt. Ibara wurde ein wenig flau im Magen. Unwillkürlich fragte er sich, ob hier jemals wieder jemand kochen würde.

»Dort hat die Inhaberin des Restaurants gelegen. Erstochen mit einem langen Küchenmesser, das wir blitzblank gesäubert im Spülbecken gefunden haben. Vermutlich ist das gestern am späten Abend passiert. Heute Morgen gegen halb acht kam ihr Lebensgefährte aus der gemeinsamen Wohnung und hat sie entdeckt. Er hat geschrien wie am Spieß, was dazu führte, dass die gesamte Nachbarschaft sich hier versammelt hat. Einige sind sogar durch das Blut getrampelt, kannst du dir das vorstellen? Na ja, um fair zu bleiben, sie haben es wohl auch mit Wiederbelebungsmaßnahmen versucht. Sie hätte ja wirklich noch leben können, du ahnst gar nicht, wie viel Blut ein Mensch verlieren und trotzdem überleben kann! Jedenfalls haben sie die Leiche gründlich hin- und herbewegt, bis sie eingesehen haben, dass sie tot ist.« Er seufzte. »Viele Spuren, aber die, mit denen wir etwas anfangen könnten, sind vermutlich rettungslos verloren.«

»Das tut mir leid.«

»Ach, das muss es nicht, du kannst ja nichts dafür. Und das ist eben mein Job.« Der Tonfall ließ keinen Zweifel daran, dass Iturriko seine Arbeit trotz aller Hindernisse gerne machte. Er nahm den Overall und die Handschuhe und stopfte alles in einen Plastiksack.

»Die Tote war Paola Ortiz«, sagte Ibara.

»Richtig. Kennst du sie?«

»Ich habe nur von ihr gehört – das *XoX* hat hier eingeschlagen wie eine Bombe, was für mich etwas schwer zu begreifen ist, denn das ist weder das erste noch das einzige Restaurant mit einem guten Angebot an *pintxos*.«

Iturriko nickte zustimmend.

»Wurde etwas gestohlen?«

»Gar nichts, soweit ich das auf den ersten Blick beurteilen

konnte. In der Kasse liegt ohnehin nicht viel. Das Restaurant hat montags und dienstags zu, und die meisten Leute zahlen mit EC- oder Kreditkarte.«

»Und der Mörder?«, fragte Ibara weiter.

»Täter.«

»Wie bitte?«

»Wir sprechen noch von einem Täter. Oder einer Täterin, wer weiß? Wenn du diese Person einen Mörder nennst, unterstellst du bereits Vorsatz, Motiv, Absicht. Es kann sich aber nach allem, was wir bisher wissen, auch um einen schrecklichen Unfall gehandelt haben.«

»Ein Unfall? Sie wird sich doch kaum selbst in ein Messer gestürzt haben.«

»Nein, das nicht.« Iturriko blickte sich um, dann wies er auf ein umgestürztes Gewürzregal am Ende der Anrichte, vor der sie standen. Gläser mit verschiedenfarbigen Pulvern waren herausgefallen und hatten ihren Inhalt über die Arbeitsfläche und den Boden darunter verteilt.

»Siehst du das dort? Wenn ich in diesen Raum gekommen wäre, bevor eine Herde sensationslüsterner Zombies hier durchzog, würde ich sagen, das sind Kampfspuren. Davon gab es einige. Da ich aber nicht weiß, ob das vorher schon so aussah oder irgendwer das abgeräumt hat, kann ich nur sagen, dass ich gar nichts sagen kann.« Er deutete auf den Eimer mit dem rosafarbenen Wasser. »Eine alte Frau wollte sauber machen, noch bevor wir da waren. Davon haben die anderen sie immerhin rechtzeitig abgehalten.«

Ibara lehnte sich gegenüber der Anrichte an einen Herd

und verschränkte die Arme. »Komm schon, du hast doch eine Idee.«

Iturriko zögerte. »Bei einigen Spuren hier gehe ich schon davon aus, dass sie von einem Kampf herrühren. Die Untersuchung des Opfers wird meinen Verdacht vielleicht bestätigen. Arbós verhört gerade den Lebensgefährten von Paola Ortiz, diesen Raul Fornier. Liebe, Leidenschaft, Eifersucht, die meisten Tötungsdelikte geschehen innerhalb der eigenen Familie oder dem Freundeskreis. Nach allem, was ich gehört habe, muss Fornier aber ziemlich entsetzt reagiert haben, als er seine tote Freundin entdeckt hat – klar, sonst wären die Leute hier nicht im Dutzend angerückt. Jedenfalls glaube ich nicht, dass er uns da etwas vorspielt. Wenn doch, dann ist er verdammt überzeugend.«

»Wo ist er? Darf ich mit ihm reden?«

»Warum nicht? Besser gesagt, wenn Arbós etwas dagegen hat, wirst du es schon merken.«

»Dem würde ich nicht widersprechen.«

Iturriko zeigte nach oben auf die Decke. »Die Wohnung liegt direkt hier über dem Restaurant. Du gehst zurück in den Zwischenflur und nimmst die andere Tür. Sie müsste offen sein.«

»Danke. Und wenn ich etwas für dich tun kann, sag einfach Bescheid.«

Iturriko ließ die Verschlüsse der Kiste einschnappen und grinste breit. »Du kannst die Kiste hier zum Auto schleppen.«

»Ich meinte eher … Aber sicher, warum nicht?«

»Nein, lass nur, das schaffe ich schon noch allein.« Er lachte und stemmte die Kiste hoch. »Aber danke für das Angebot. Wer weiß, vielleicht komme ich noch darauf zurück, und wenn es nur der Weg zu einer guten *taberna* ist.«

»Gerne.« Ibara trat zur Seite, um ihm Platz zu machen. Mit einem kurzen Abschiedsgruß war Iturriko verschwunden.

3.

Im Zwischenflur betrachtete Ibara zunächst kurz die Schalen und Teller, die sich in den schmalen Regalen stapelten. Einige schienen spezielle Anfertigungen zu sein und erinnerten ihn eher an Kunstwerke aus Ton. Es gab welche, die aussahen wie eine Klippe, andere wie Flysch, eine Gesteinsform am Strand von Zumaia, die an das Schuppenkleid eines Drachen erinnerte. Es war Ibara schleierhaft, wie darauf noch Essen Platz finden sollte, selbst wenn es nur kleine *pintxos* waren. In einer Spülmaschine ließen sich diese Teller jedenfalls nicht reinigen.

Kopfschüttelnd drückte er die Klinke der zweiten Tür, die, wie Iturriko versprochen hatte, unverschlossen war. Dahinter empfing ihn ein schmaler, fensterloser Durchgang, der vor einer steilen Stiege endete, die ungefähr nach der Hälfte eine Einhundertachtzig-Grad-Wendung machte. Sofas oder Kühlschränke gelangten sicherlich auf einem anderen Weg in die Wohnung. Die Erbauer dieses Hauses hatten keinen Platz für breite Treppen verschwenden wollen. Ibara fand diese Enge beklemmend.

Oben angekommen atmete er daher erleichtert auf, als sich ein quadratischer Flur vor ihm öffnete: klein, aber immerhin mit einer hohen Decke. Ibara hatte die Auswahl zwischen vier weiteren Türen, die alle mindestens eine Handbreit offen standen. Rechts von sich hörte er Stimmen, die eine eher verzweifelt, flehend, die andere knurrend wie ein schlecht gelaunter Hund. Es brauchte nicht viel Fantasie, um zu erraten, welche Stimme zu wem gehörte.

Ibara trat an die Tür heran und klopfte gegen den hölzernen Rahmen. Dahinter befand sich ein gemütlich eingerichteter Wohnraum mit zwei Fenstern zur Straße, von denen das rechte offen stand. Nach links führte eine Tür in ein weiteres Zimmer. Bodenlange bordeauxrote Vorhänge, die einen angenehmen Kontrast zu den weizengelb gestrichenen Wänden bildeten, bauschten sich leicht im Wind.

Arbós saß auf einem mahagonifarbenen Zweiersofa und hatte die Hände zwischen den Knien gefaltet. Obwohl es kühl im Raum war, konnte Ibara die vertrauten Schweißränder auf dessen Jackett erkennen. Beinahe glaubte er auch, den entsprechenden Geruch wahrzunehmen. Seinem Gegenüber schien dagegen kalt zu sein, er trug einen dicken Strickpulli mit rot-weißen Querstreifen über einer Jeans. Ibara erkannte Raul Fornier unschwer von dem Foto wieder, wobei er in natura noch größer wirkte, obwohl er vornübergebeugt in einem Rattansessel saß, als trüge er die Last der Welt auf seinen Schultern. Was verständlich war. Seine Dreadlocks standen wirr in alle Richtungen ab. Er war unrasiert, seine Unterlippe zitterte, und er hielt die Hände ineinander verkrampft.

Arbós blickte auf und machte große Augen. »Comisario Rafael Ibara aus Zarautz.« Er zog die Augenbrauen nach oben, damit das unausgesprochene *Sie haben mir gerade noch gefehlt* auch ankam.

Ibara dachte nicht daran, sich einschüchtern zu lassen. »*Buenos días*, Comisario Arbós«, grüßte er ganz förmlich. »Die Kollegin aus der *Comisaría* hat uns Bescheid gegeben. Ich wollte Ihnen meine Unterstützung anbieten.«

Raul Fornier warf ihm einen flehentlichen Blick zu, als wollte er diese Unterstützung für sich erbitten und endlich aus dieser Situation erlöst werden. Arbós starrte ihn dagegen lange an. Es war unmöglich, seine Miene zu deuten, er sah aus, als habe er unfreiwillig eine Fliege verschluckt.

Plötzlich sprang der beleibte Mann mit einer Behändigkeit auf, die Ibara ihm niemals zugetraut hätte, und schoss mit dem Zeigefinger Richtung Fornier, als wollte er ihn aufspießen. »Sie warten hier.«

Ibara hörte noch ein resigniertes »Wo soll ich denn sonst hin?«, als er auch schon von Arbós aus dem Raum gezerrt wurde. Sie gingen in das Zimmer gegenüber, Ibara musste sich unter dem Türrahmen hindurchducken. Dann betraten sie ein kleines Büro, das genau Platz für einen großen Schreibtisch und einen Aktenschrank bot. Überall lagen Papiere, Ordner, Belege herum. Das meiste waren Rechnungen, soweit Ibara das auf den ersten Blick erkennen konnte.

»Der verbirgt etwas. Ich weiß nicht, wie ich den knacken soll«, brach es unvermittelt aus Arbós hervor.

Ibara war vollkommen überrumpelt. Das war das erste Mal, dass der Mann aus Bilbao zu ihm sprach wie zu einem ganz normalen Kollegen und nicht wie zu einem begriffsstutzigen Kind. Das sollte er ausnutzen, diese ungewöhnliche Stimmung würde sicher nicht lange anhalten.

»Glauben Sie, dass er seine Lebensgefährtin …«, ein Blick auf den Schreibtisch, »… und Geschäftspartnerin umgebracht hat?«

Arbós schnaufte wie ein Blasebalg. »Er ist Franzose!« Er sagte das, als würde er einem Angehörigen dieser Nationalität alles zutrauen. »Paola Ortiz war Baskin und hier aus der Gegend. Klar, so ein Restaurant lebt hauptsächlich von Reisenden, die meisten Einheimischen können sich den Laden gar nicht leisten. Haben Sie mal die Preise gesehen? Aber dennoch sind Beziehungen alles. Gerade hier, gerade in so einem kleinen Ort. Der kann nicht allein weitermachen. Die sind gerade hier von dieser Vereinigung ausgezeichnet worden, dieser baskischen Dings …« Er rührte mit dem Finger in der Luft.

»EUSKADI Gastronomika?«

»Ja, genau. Sind Sie auch einer dieser Feinschmecker?«

»Nein, aber wäre das denn schlimm?« Dieses Mal konnte Ibara sich den Kommentar nicht verkneifen. Arbós' Art, alles und jeden herabzuwürdigen, nervte ihn schon wieder, kaum dass er wenige Minuten in der Gegenwart des Mannes verbracht hatte.

»Ist mir egal. Jedenfalls waren die ganz groß unterwegs. Regionale Produkte, nur das Beste vom Besten. Angeblich auf dem Weg, sich einen Michelin-Stern zu erkochen. Frisch in einen Verein aufgenommen, der sich *Les Mutins* nennt.« Er schnappte nach Luft. »Ohne die Ortiz kann der seine

Kochbude zumachen – hier in dem Kaff, wo die sich alle kontrollieren. Die Bauern verkaufen dem doch nichts. Der ist ja nicht nur ein Fremder, sondern auch noch ein …«

Nein, dachte Ibara verzweifelt, nicht auch das noch.

»… ein … na, Sie wissen schon.«

Ibara schwieg, auch wenn er sich in dem Moment dafür hasste. Er hätte nicht gewusst, wie er reagieren sollte, falls das Wort gefallen wäre. Wahrscheinlich aber hätte er selbst gar nichts tun müssen, denn der Blick seines Kollegen sagte schon alles. Außerdem hatte er erlebt, was es bedeutete, von Miguel Arbós verdächtigt zu werden. Er war schnell und kategorisch mit seinem Urteil, und wenn er der Meinung war, den Schuldigen vor sich zu haben, setzte er alles in Bewegung, denjenigen in Haft zu bringen. Ihm ging es nicht um Gerechtigkeit, allein der schnelle, schillernde Erfolg zählte. Neue Erkenntnisse oder gar Hinweise auf die Unschuld eines Verdächtigen ließ er nur schwer zu. So hatte er damals einen jungen Mann aufgrund von ziemlich fadenscheinigen Gründen in Untersuchungshaft gebracht. Zum Glück hatte die Justiz funktioniert, und der angebliche Verdächtige kam schnell wieder frei, doch es hatte das Leben des jungen Mannes nachhaltig verändert – und zwar nicht zum Guten.

Vermutlich entsprangen solche Unterstellungen, die Menschen hier hätten gegenüber Fornier aufgrund seiner Hautfarbe Vorurteile, eher Arbós' eigener Überzeugung und weniger den Tatsachen. Selbst wenn sich später herausstellen würde, dass er der Täter war, hatte er nicht verdient, jetzt schon als Mörder vorverurteilt zu werden, einfach weil niemand sonst in Arbós' Reichweite war. Ibara blieb bei seinem Schweigen. Und das, so stellte er immerhin erfreut fest, verunsicherte Arbós allmählich.

»Der hat was zu verbergen«, beharrte er.

»Ich könnte ja mal mit ihm reden.«

»Tun Sie, was Sie nicht lassen können.« Er wandte sich zum Gehen.

Ibara blieb allein im Raum zurück. Er hörte, wie Arbós im Flur herumkeifte. Wenig später folgten Schritte auf der Treppe. Mit einem kurzen Anfall von Bösartigkeit wünschte sich Ibara, Humpty Dumpty möge auf der Treppe ausrutschen und wie das Ei, die Kinderfigur, nach der seine Kollegin Alba Olea ihn benannt hatte, einfach zerbrechen. Oder wenigstens in dem schmalen Gang stecken bleiben.

Müßig betrachtete er die Papierstapel und staunte über die Preise von heimischem Ziegen-Camembert und sortenreinem Olivenöl. Selbst wenn die Menüs im Restaurant wirklich so viel kosteten, wie Arbós gesagt hatte, wie rechnete sich so etwas? Hatten die beiden Schulden? Ibara fragte sich gerade, ob er gedanklich den Falschen in Schutz genommen hatte und Raul Fornier dabei war, eine beträchtliche Lebensversicherung zu kassieren, als der Mann sich unter dem Türrahmen durchduckte und eintrat.

»Schauen Sie ruhig alles durch, ich habe nichts zu verbergen.« Seine Stimme brach.

Ibara ging auf ihn zu und schüttelte ihm die Hand. Viel lieber hätte er seinem Gegenüber tröstend auf die Schulter geklopft, denn der Mann war ihm einfach auf Anhieb sympathisch gewesen. Doch ihm war klar, dass er einen gewissen Abstand wahren sollte, völlig unverdächtig war er nun einmal nicht.

Raul lächelte tapfer, und das verräterische Glitzern in seinen dunkelbraunen Augen verschwand. »Ich begegne nicht oft jemandem auf Augenhöhe. Spielen Sie Basketball?«

»Ein Klassiker, oder?« Ibara grinste. »Ich jogge, wenn ich dazu komme, und habe früher Kampfsport betrieben.«

»Sehe ich Ihnen an. Was genau?«

»Judo und später Capoeira.«

»Im Ernst?«

»Ja. Ein paar Portugiesen haben mich in meiner Jugend dazu verführt.«

»Wie cool. Da, wo ich aufgewachsen bin, war das auch ziemlich angesagt. Marseille. Meine Eltern sind aus Jamaika. Sie sind nach Frankreich ausgewandert, wollten ein besseres Leben, die übliche Geschichte. Und dann der Liebe wegen vom milden Mittelmeer ins ruppige Baskenland.« Plötzlich schien ihm die Tatsache wieder bewusst zu werden, was seiner Liebe heute Morgen zugestoßen war. »Wer sind Sie überhaupt? Sie sehen nicht aus wie der Polizeiseelsorger.«

»Rafael Ibara, ich bin von der *Comisaría* in Zarautz. Das hier ist mein Revier, wenn Sie so wollen.« Es gab Momente, da verschwieg Ibara seinen Rang. Er wurde zwar als »Comisario« bezeichnet, weil er gemäß seiner Ausbildung in Deutschland Polizeioberkommissar war, aber in Spanien bedeutete dies in der Regel einen viel höheren Rang und wurde damit seiner täglichen Arbeit nicht ganz gerecht.

Raul nickte nur, dann lächelte er wehmütig. »Im Ernst, ich spiele wirklich Basketball. Am Wochenende hätte ich ein Spiel.« Er schluckte beklommen, riss sich jedoch zusammen. »Mir ist nicht danach.«

»Vielleicht ist es aber eine gute Möglichkeit, den Kopf freizubekommen.«

»Stimmt auch wieder. Wollen Sie einen *café*?«

»Gern.«

»Gut, ich bin in der Küche.« Er wies mit dem Daumen nach rechts.

Ibara folgte ihm, setzte sich an den verschrammten Holztisch und beobachtete Raul Fornier dabei, wie er eine French Press befüllte. Die Küche selbst war zweckmäßig eingerichtet, Gasherd, Kühlschrank, eine Anrichte und ein uralter Küchenschrank aus hellem Holz mit Perlmuttknöpfen und einem Aufbau mit Glastüren, hinter denen sich Teller und Tassen mit spanisch-mediterranen Mustern befanden.

»Diese Küche hier ist aus der Sicht eines Profikochs echt klein, aber sie reicht uns. Meistens kochen wir sowieso unten, sogar nur für uns beide«, erklärte Raul auf eine Frage, die Ibara gar nicht gestellt hatte.

Er nahm Milch aus dem Kühlschrank und stellte sie zusammen mit einem Zuckertopf auf den Tisch. Es folgten zwei Kaffeebecher und die French Press, die er mit konzentriertem Gesicht herunterdrückte, bevor er ihnen beiden einschenkte.

Ibara schnupperte genießerisch. Der *café* war gut, das konnte er schon riechen. Er entschied sich, ihn schwarz zu trinken. Fornier fügte seiner Tasse einen Schluck Milch hinzu und umklammerte sie dann mit beiden Händen.

Dann begann er von ganz allein zu erzählen. »Montags und dienstags haben wir Ruhetag. Ich war seit Montag früh in Marseille, meine Mutter lebt dort. Mein Vater ist schon viele Jahre tot. Gestern Abend bin ich ziemlich spät nach Hause gekommen. Ich habe Licht in der Küche gesehen, dachte, Paola bastelt noch oder bereitet etwas vor. Das tut sie manchmal, sie ist unermüdlich. Ich war zum Umfallen müde und bin direkt ins Bett gegangen. Wir schlafen getrennt, ich schnarche.« Er betrachtete seine Hände. »Wenn ich zu ihr gegangen wäre, würde sie vielleicht noch leben.«

Ibara nippte an der heißen Tasse. Wenn der Mann so kochte, wie er Kaffee zubereitete, würde er zu gern einmal im Restaurant essen.

»Hatten Sie Streit?«

Raul runzelte die Stirn. »Wie kommen Sie darauf?«

»Na ja, wenn ich meine Frau zwei Tage nicht gesehen hätte, könnte ich so müde sein wie ein Murmeltier, ich würde trotzdem kurz zu ihr gehen und mich zurückmelden.«

Sein Gegenüber zögerte. Arbós hatte recht gehabt: Der Mann verschwieg etwas.

Dann stellte Raul Fornier die Tasse mit einem dumpfen Knall auf den Tisch und schob sie von sich. Kaffee schwappte auf den Tisch und hinterließ einen dunklen Fleck. »Ja, wir hatten Streit. Wie gesagt, wenn Paola für etwas brennt, dann ist sie nicht zu bremsen. Sie hatte wieder irgendwelche Ideen, wollte nach dem regulären Betrieb noch kochen. Das heißt nach Mitternacht, frühestens. Ich konnte einfach nicht mehr, ich brauchte mal eine Pause. Daher bin ich für zwei Tage abgehauen.«

Ibara nickte mitfühlend.

»Wissen Sie, das Kochen ist für uns beide eine Berufung. Wir haben uns über die Leidenschaft zu gutem Essen und seiner Zubereitung gefunden. Das verbindet uns. Das hier ist unser großer gemeinsamer Traum.« Er deutete mit dem Finger auf den Boden Richtung Erdgeschoss, wo das Restaurant lag. »Ohne Paola bin ich nichts. Dabei bin ich der bessere Koch von uns beiden! Ich habe eine wortwörtlich ausgezeichnete Ausbildung und in halb Europa unter namhaften Köchen gearbeitet, mit Schülern von Paul Bocuse. Ich kann was. Aber Paola ist die kreativere, sie hat die waghalsigeren Ideen, die unglaublichsten Inspirationen. Sie kocht nicht, sie experimentiert. Mein Talent und ihre Kreativität – gemeinsam sind wir perfekt.« Er stockte. »Wir waren perfekt. Ich kann mir gar nicht vorstellen, jemals wieder zu kochen, ohne …« Er beugte sich vor und vergrub das Gesicht in den Händen. Seine Schultern zuckten.

»Leidenschaft« – das war ein Wort, bei dem Ibara in Gedanken verweilte. Er konnte sich beim besten Willen nicht vorstellen, dass dieser Mann mit einem Messer auf seine Frau losgehen würde. Aber dann fiel ihm ein, dass Iturriko davon gesprochen hatte, es könnte auch ein Unglück gewesen sein. War das die Erklärung? Streit über seinen Wunsch nach einer Verschnaufpause, seine Flucht zu seiner Mutter? Ein Wort, das ein nächstes ergab und dazu führte, dass er sich ein Messer griff?

Es klang einfach und plausibel. Aber irgendwie hatte dieser Mann etwas … Freundliches an sich, etwas, das es Ibara unmöglich machte, zu glauben, er könnte jemanden angreifen. Er strahlte Ruhe aus, war einer dieser Menschen, die einem das Gefühl gaben, dass alles wieder in Ordnung käme. Außer jetzt für ihn selbst …

Es mochte die ein oder andere Situation geben, in der auch er die Kontrolle verlieren konnte. Aber mit einem Messer? Raul Fornier ging tagtäglich mit diesen Werkzeugen um, er wusste, was er mit einer scharfen Klinge anrichten konnte. Ibara würde eher erwarten, dass er seine Freundin im Streit mit Kochlöffeln oder Gewürzdosen bewarf. Das wäre nicht ungefährlich, aber nicht unbedingt tödlich. Wenn er dagegen nach einem Messer griff, dann mit der Absicht, schwer zu verletzen, gar zu töten.

Ibara trank den *café* aus. Solche Gedanken behielt er besser für sich, das hatte er im Laufe von Arbós' vorangegangener Ermittlung gelernt. Seine Mutmaßungen gründeten auf nichts anderem als Bauchgefühl – und sogar auf dem Wunsch, dass dieser Mann seine Freundin nicht umgebracht hatte, ob nun vorsätzlich oder im Affekt.

Er war kurz davor, sich zu erheben und zu verabschieden, als ein sehr merkwürdiges Schweigen entstand. Raul Fornier hatte sich wieder aufgerichtet und nach seinem Kaffee gegriffen. Er hatte ihn mit einem Zug geleert und saß zurückgelehnt, starrte dabei in den Becher, als versuche er, aus dem Kaffeesatz zu lesen. Anspannung ging von dem Mann aus, seine Schulterpartie war verkrampft, seine Lippen zu einem schmalen Strich zusammengepresst.

Ibara wartete. Nichts geschah. Schließlich erhob er sich und nahm eine seiner Visitenkarten aus seinem Portemonnaie. »Sie haben zwar vorhin richtig bemerkt, dass ich nicht der Polizeiseelsorger bin, aber Sie können sich trotzdem jederzeit bei mir melden, wenn Sie jemanden zum Reden brauchen.« Er hinterließ die Karte auf dem Tisch.

Raul reagierte mit einem kaum merklichen Nicken.

Ibara verließ die Wohnung und das Haus. Draußen hielt Arbizu immer noch die Neugierigen davon ab, das Restaurant zu stürmen, doch es waren nur noch eine Handvoll Leute, die nichts Besseres zu tun hatten.

In ein paar Schritten Entfernung blieb Ibara noch einmal stehen und schaute die Hausfassade hinauf. Hinter dem offenen Fenster im ersten Stock glaubte er, die dunkelroten Vorhänge zu erkennen.

War Raul Fornier der Täter? Was verschwieg der Mann?

DONNERSTAG, 11. SEPTEMBER

4.

»Nicht zu fassen. Wir dürfen mitarbeiten.« Zamorra vergrub die Hände in den Taschen ihrer Uniformjacke. Wie tags zuvor leuchtete die Sonne von einem strahlend blauen Himmel, an dem sich nur einzelne Schäfchenwolken verteilten. Doch der Wind war frisch und roch nach Herbst. Sogar Ibara hatte auf ein Poloshirt verzichtet und trug stattdessen einen dünnen dunkelblauen Wollpullover und eine rote Windjacke über der Jeans.

Nebeneinander wanderten sie durch die *Kale Nagusia Kalea* von Getaria, der breitesten der drei parallel verlaufenden Straßen in Richtung Halbinsel, auf der sich der Leuchtturm des kleinen Fischerortes erhob.

»Wie geht es Josh und seinem Knie?«

»Ach ja – du wirst es nicht glauben.« Zamorra schnaubte empört. »Natürlich war überhaupt nichts. Er hatte eine winzige Schürfwunde. Ich bin mit ihm nach Zarautz gefahren, und wir haben ein Eis gegessen. Glaub mir, der Besuch beim Arzt wäre für ihn schlimmer gewesen als alles andere. Anschließend hat er ein Kühlpad bekommen, das er darauf halten konnte, und dann ist er auf dem Sofa eingeschlafen. Viel Lärm um nichts.«

»Wie du es zuvor schon vermutet hast.«

Zamorra blieb vor einem Schaufenster mit Wintermänteln stehen und betrachtete sie. »Ja, es ist schwierig. Diese eine Erzieherin reagiert jedes Mal vollkommen panisch. Und mein Problem dabei ist, dass ich natürlich handeln muss. Schließlich geht es um meinen Sohn – was, wenn wirklich einmal etwas Schlimmes passiert? Aber das ist jetzt schon das vierte, nein, fünfte Mal, dass sie mich wegen irgendwelcher Lappalien einbestellt. Mir kommt es manchmal so vor, als wollte sie Probleme abschieben. Die Kinder zu betreuen, solange sie brav sind, ist okay für sie, aber wehe, eins weint. Damit kann sie nicht umgehen.«

»Klingt ziemlich nervig.«

»Das kannst du laut sagen. Komm, lass uns unsere Arbeit machen, bevor sie mich wieder anruft.« Sie wandte sich von dem Schaufenster ab und ließ den Blick die Straße entlangschweifen. Die Läden wurden gerade erst geöffnet, in einigen Metern Entfernung schob ein älterer Mann in einem altertümlichen braunen Anzug einen Ständer mit bunten Seidentüchern vor sein Geschäft. Gegenüber trat eine jüngere Frau aus einem Zeitschriftenladen und leerte einen Eimer Wasser in den Abfluss auf der Straße. Ibara wusste, dass sie Angela hieß. Sie rief dem Mann etwas auf Baskisch zu, und er antwortete mit einem fröhlichen Wortschwall.

Ibara blickte seine Kollegin mit hochgezogenen Augenbrauen an.

Sie lachte und winkte ihm, weiterzugehen. »Sie reden über das Wetter. Ehrlich, ich verstehe nicht, wieso du kein Baskisch lernst. Du bist doch sonst so sprachbegabt. Wie viele Sprachen sprichst du? Vier?«

Ibara winkte geschmeichelt ab. »Fünf, wenn du mein mittelmäßiges Niederländisch mitzählst. Aber vielleicht ist das so, gerade weil ich diese anderen Sprachen spreche. Ich versuche immer wieder, Verbindungen und Übereinstimmungen mit dem Französischen oder dem Spanischen zu finden.«

»Keine Chance. Baskisch ist einzigartig.«

»Und genau das ist das Problem.«

Sie waren auf Höhe der beiden Geschäfte angekommen und wurden von den beiden entdeckt. Lächelnd grüßten sie und wechselten mit Rücksicht auf Ibara ins Spanische.

Zamorra winkte dem Mann zu. »*Kaixo*, Jago.«

»*Buenos*. Gibt es schon etwas Neues über die arme Paola?« Jago zupfte mit spitzen Fingern seine Tücher auf den Ständern in die perfekte Position.

»Leider nicht. Die Untersuchungen laufen, aber es wird dauern, bis es erste Ergebnisse gibt.« Ibara schüttelte bedauernd den Kopf.

Angela deutete auf ihr Schaufenster, in dem sich Touristennippes neben Fremdenführern und Wanderkarten in verschiedenen Sprachen einreihte. »Die Zeitungen sind voll mit den wildesten Vermutungen. Ich kann mir gar nicht vorstellen, wer dieser Frau etwas angetan haben soll!«

Ibara trat einen Schritt näher. »Kannten Sie Paola Ortiz?«

»Ich bin mit ihr zur Schule gegangen.« Sie lächelte traurig und schüttelte die letzten Tropfen aus dem Eimer. »Sie ist Anfang des Jahres aus der großen weiten Welt zurückgekommen, mit Raul und dem Kopf voller wilder Ideen. Ihr Vater ist letzten Herbst gestorben und hat ihr ein bisschen Startkapital hinterlassen. Damit wollte sie das beste Restaurant der Stadt eröffnen.«

»Oh, sie war auf einem guten Weg.« Jago nickte eifrig. »Ehrgeizig, die Kleine.«

»Seit sie zurück ist, haben wir uns einmal getroffen«, fuhr Angela fort. »Wir waren in der Schule nicht sehr eng befreundet, aber wir mochten uns. Und wir hatten vor, uns häufiger zu sehen. Aber wie das so ist, wir hatten beide keine Zeit. Ich wegen meiner Familie und Paola wegen ihrer Pläne. Erst haben sie das Haus gekauft und renoviert, dann im April das Restaurant eröffnet, und es ging Schlag auf Schlag.«

Ibara nickte. Als unermüdlich, nicht zu bremsen hatte Raul seine Freundin beschrieben. »Haben Sie denn eine Idee, warum ihr jemand etwas hätte antun wollen?«

Angela zuckte theatralisch mit den Schultern und warf dabei halb den Eimer in die Höhe. Tropfen flogen in alle Richtungen. »Wie gesagt, ich kann mir so etwas überhaupt nicht vorstellen.«

Jago strich sich nachdenklich über sein stoppeliges Kinn. »Aber sie hat viel Neid auf sich gezogen. Ich weiß noch, was da Anfang des Jahres alles geredet wurde! Ob in der Stadt überhaupt Platz für ein weiteres Restaurant ist – ich meine, sehen Sie sich um, hier reiht sich eine *taberna* und eine Bar an die nächste. Sie hatten Angst, dass sie Kundschaft verlieren.« Er hob die Hand und hielt sie auf Brusthöhe, als wollte er einen Wasserstand anzeigen. »Als sie erfuhren, dass es gehobene Küche sein sollte, waren sie etwas beruhigter. Das ist nichts für die normalen Reisenden. Vor allem nicht für die Deutschen, denen geht es doch vor allem darum, möglichst billig möglichst viel auf den Teller zu bekommen.«

»Autsch«, brummte Ibara bei sich. Jago konnte natürlich nicht wissen, dass sein Großvater aus Hamburg stammte, wo er auch aufgewachsen war, und er sich manchmal viel deutscher fühlte, als ihm lieb war.

Zamorra grinste verstohlen.

Jago beachtete sie beide gar nicht und sprach einfach weiter. »Dann aber kam schon in den ersten Monaten der Erfolg. Keine Ahnung, wie die beiden das angestellt hatten, aber es kamen Menschen aus allen Himmelsrichtungen zu Paola und Raul, ab Mai waren die für den Rest des Sommers ausgebucht. Und das neidische Getuschel ging wieder los. Wenn Sie mich fragen, sollten Sie den Mörder unter den anderen Restaurantbesitzern suchen.«

»Interessante Idee, danke Jago.« Ibara nickte ernst, wusste jedoch nicht so ganz, wie er die Gedanken dieses Mannes einordnen sollte. Neid konnte ein Motiv sein, aber die Konkurrenz gleich umbringen, weil sie mehr Kunden anlockte? Das erschien ihm ziemlich weit hergeholt. Arbós brauchte er mit solchen Mutmaßungen jedenfalls gar nicht erst zu kommen, das wusste er.

Angela riss entsetzt die Augen auf. »War es denn ein Mord?«

»Dazu kann ich nichts sagen. Die Untersuchungen sind noch nicht abgeschlossen«, erklärte Ibara. »Wir werden frühestens Anfang der Woche mehr wissen.«

Und ob er und Zamorra von den Ergebnissen erfuhren, stand noch auf einem anderen Blatt. Bei der vorangegangenen Ermittlung hatte Arbós nicht das kleinste Interesse an ihrer Mitarbeit gehabt – im Gegenteil, er hatte Ibara und seine Kollegin systematisch ausgeschlossen. Dass sie jetzt den offiziellen Auftrag hatten, sich auf den Straßen von Getaria umzuhören, war eine völlig neue Entwicklung. Ibara vermutete allerdings, dass es auch damit zu tun hatte, dass Arbós' Vater Fischer in Getaria gewesen war. Er war zu stolz darauf, diesem kleinen Dorf entkommen zu sein und sich bis in die oberen Ränge in Bilbao hochgearbeitet zu haben – Ibara war bislang ein Rätsel, wie er das geschafft hatte. Jedenfalls war hier in den Straßen von Getaria die Gefahr viel zu groß, früheren Bekannten über den Weg zu laufen, und so hielt sich der Comisario General lieber im Hintergrund.

Angela wandte sich zum Gehen. »Ich hoffe, dass Sie dieses Monster finden, das Paola auf dem Gewissen hat.«

Jago strich ein letztes Mal mit den Fingerspitzen über ein schon perfekt drapiertes Tuch und winkte. »Sie schaffen das schon. Einen schönen Tag Ihnen beiden.«

Ibara und Zamorra nickten zum Abschied und gingen weiter. Genau darauf hatten sie gehofft, als sie morgens von ihrem Chef Subcomisario Andoni Mendoza die Anweisung erhalten hatten, sich umzuhören. Im Grund taten sie nichts anderes als sonst. Durch die Gassen schlendern, die Augen und Ohren offen halten und mit den Leuten ins Gespräch kommen. In allen Dörfern und kleinen Städten war es ähnlich, jede und jeder kannte jeden, sie redeten miteinander und übereinander. Die Polizei war nicht dazu da, um die Menschen und ihr Tun zu kontrollieren, sondern war ein Teil dieses organischen Kosmos'. Hin und wieder drückte sie ein Auge zu und wurde nur aktiv, falls eine Angelegenheit doch einmal außer Kontrolle zu geraten drohte, was selten genug vorkam. Die meisten Zwischenfälle ereigneten sich mit ausländischen Reisenden, was der Grund war, weshalb Ibara überhaupt vor so vielen Jahren hierhergekommen war. Damals hatten die Behörden die wirklich sinnvolle Idee gehabt, in den touristischen Regionen Spaniens in den Sommermonaten zusätzlich deutsche, französische oder britische Polizeikräfte einzusetzen. Diese sprachen dann nicht nur die Sprache der möglichen Bestohlenen oder Tatverdächtigen aus dem Ausland, sondern konnten auch in vielen anderen Belangen besser unterstützen, beispielsweise erklären, wie gestohlene Papiere ersetzt werden konnten, oder auch nur bei der Suche nach einem Hotel zu helfen, weil das Auto nach einem Unfall nicht mehr fahrtüchtig war. Smartphones und Internet hatten vieles im Leben leichter gemacht, doch so ganz konnten sie den Menschen immer noch nicht ersetzen. Und Ibara war ohnehin nach der Heirat mit einer Baskin und inzwischen mehr als achtzehn Jahren, die er hier dauerhaft lebte, zum festen Bestandteil dieses lebendigen Netzwerks geworden.

»Glaubst du, da ist was dran?«, riss Zamorra ihn aus seinen Gedanken, während sie die Schatten der Häuser verließen und einen kleinen Platz überquerten, um in die schmalere *Elkano Kalea* einzubiegen.

»Was meinst du?«

»An dem, was Jago gesagt hat, dass so viele andere Restaurantbesitzer neidisch auf den Erfolg der beiden wären. Ich kann mir das nicht vorstellen.« Sie beschrieb mit beiden Armen einen weiten Bogen. »Du weißt doch, wie das hier im Sommer aussieht, die ganzen Leute finden kaum einen Platz. Diese Touren, in denen sie von Restaurant zu Restaurant ziehen und *pintxos* essen, sind über Wochen ausgebucht. Warum sollte ein Restaurant mehr oder weniger einen großen Unterschied machen?«

»Ja, es fällt mir auch schwer, das zu glauben. Wir dürfen einerseits nicht vergessen, dass manche ihre *taberna* im Winter schließen, die müssen im Sommer verdienen, was sie das ganze Jahr über benötigen. Aber andererseits sprach Raul Fornier davon, dass er und Paola Ortiz aus Leidenschaft gekocht hätten. Deren Geschäft mag von Beginn an gut gelaufen sein, aber dass die sich goldene Löffel verdient haben, kann ich mir beim besten Willen nicht vorstellen. Gastronomie bleibt doch ein Knochenjob.«

Zamorra nickte eifrig. »Eben. Ich habe in der Zeit nach der Schule und vor meiner Ausbildung gekellnert. Leidenschaft hin oder her, wenn es läuft, hat dein Tag sechzehn Stunden, und in den Küchen herrscht ein rauer Umgangston.«

»Die beiden waren doch weder die ersten, noch sind sie die einzigen, die hier Erfolg haben. Wenn das ein Motiv wäre, jemanden umzubringen, dann müssten die sich doch längst alle gegenseitig abgeschlachtet haben?« Ibara zog eine zweifelnde Grimasse.

»Ich finde jedenfalls, da gäbe es elegantere Methoden, die unliebsame Konkurrenz loszuwerden. Du kannst denen die Gesundheitsbehörden auf den Hals hetzen, ihnen verdorbene Lebensmittel unterschieben, für schlechte Bewertungen im Internet sorgen …« Zamorra hob die Hand. »Versteh mich nicht falsch, das ist unmoralisch, sogar kriminell, aber es ist kein Vergleich dazu, jemanden umzubringen.« Kurz zog sie schaudernd die Schultern hoch. »Noch dazu mit einem Messer in der eigenen Küche.«

Ibara blieb stehen. »Warte mal.«

»Was denn?«

»Du hast gerade die Küche erwähnt. Das Restaurant war am Dienstagabend geschlossen, es hatte Ruhetag. Wissen wir, ob es Einbruchsspuren gab?«

»Das fragst du mich? Du bist doch der mit den guten Beziehungen zu den Leuten aus Bilbao.«

»Wenn es keine gab, müsste Ortiz ihren Mörder doch selbst hereingelassen haben. Was entweder bedeutet, dass sie die Person kannte oder dass es jemand war, von dem sie keine Gefahr erwartet hat.«

»Wie zum Beispiel?«

»Keine Ahnung, ein Handwerker, ein Lieferant. Der Pizzabote scheidet vermutlich aus.«

»Es war abends, wenn nicht sogar schon nachts. Was für ein Handwerker kreuzt um diese Tageszeit auf?«

»Und was ist mit deiner Idee von vorhin? Ein Mitarbeiter der Gesundheitsbehörde, der eine unangekündigte Prüfung machen wollte, weil ein anonymer neidischer

Restaurantbesitzer ihn Paola Ortiz auf den Hals gehetzt hat?«

»Eine Prüfung an einem Ruhetag? Das wäre ziemlich dämlich, oder?«

Ibara runzelte die Stirn. »Überzeugt mich auch nicht. Raul Fornier hatte zwar erwähnt, dass seine Freundin kochen wollte, doch ich würde auch von einem Kontrolleur erwarten, dass er sich vorher informiert, ob es überhaupt etwas zu kontrollieren gibt.«

»Ich habe keine Ahnung, wie so was normalerweise läuft. Schließlich könnte er gröbere Verstöße oder zum Beispiel Schädlingsbefall auch feststellen, wenn kein regulärer Betrieb ist.«

»Auch wieder wahr.« Ibara brummte frustriert. »Und falls es Einbruchsspuren gibt, war es vielleicht ein einfacher Raubüberfall. Der Kerl hatte gedacht, dass das Restaurant bereits für den Abend geschlossen ist, und wollte nichts weiter als die Tageseinnahmen. Ortiz hat sich gewehrt, da hat er zugestochen. Und danach hat er die Nerven verloren und ist abgehauen, ohne etwas mitzunehmen.«

»Bevor wir weiter herumrätseln, sollten wir herausfinden, wie der Täter ins Haus gekommen ist.« Zamorra reckte sich und schlug Ibara auf die Schulter. »Lass uns in einer der Bars hier etwas essen. Vielleicht hören wir ja noch ein paar Gerüchte über das Geschäft mit der Kulinarik.«

»Wie du das sagt, klingt es beinahe unanständig.« Ibara grinste. Insgeheim bemerkte er, wie gut es ihm tat, wenn seine vertraute Kollegin an seiner Seite war. Ihm fiel ein, dass sie ihm noch nicht gesagt hatte, ob sie sich für das Wohnungsangebot auf Finias Hof entschieden hatte. »Hast du inzwischen über die Wohnung nachgedacht?«

Die Reaktion fiel genau so aus, wie er bereits erwartet hatte: Zamorra tat, als hätte sie nichts gehört, und steuerte geradewegs auf eine schwarze Restauranttür zu.

5.

Obwohl die Bar voller Einheimischer war und der Tod von Paola Ortiz das Gesprächsthema Nummer eins, erfuhren sie wenig Neues. Am redseligsten waren vier Männer im Rentenalter, die Karten spielten. Das Quartett wirkte, als habe jemand sie herbestellt, um ein Foto für einen Reiseführer zu schießen: Sie saßen um einen quadratischen Tisch herum, auf dem Weingläser und Wasserkaraffen standen, und hielten ihre abgegriffenen Karten in rauen, von Altersflecken übersäten Händen. Sie alle trugen Baskenmützen auf ihren weißen Haaren, praktische wollene Pullis, wie sie bei Fischern beliebt waren, und Hosenträger. Drei hatten sorgfältig frisierte eisgraue Schnauzer, der vierte dazu ein spitzes Ziegenbärtchen am Kinn. Ihre Augen blitzten, während sie sich gegenseitig bei ihren Bemerkungen unterbrachen, dabei jedoch inhaltlich wenig beisteuern konnten.

Wie die meisten anderen beschrieben sie Paola Ortiz als zielstrebig und ehrgeizig, sie war die treibende Kraft hinter dem Restaurant *XoX* gewesen. Nach dem Tod ihrer Eltern hatte sie ein wenig Geld geerbt und davon das Haus mit der ehemaligen *taberna* in Getaria gekauft, um dort ihr Restaurant zu eröffnen. Die Vorbesitzer hatten sich vor fünf oder noch mehr Jahren – da waren die Männer sich nicht ganz einig – zur Ruhe gesetzt, und seitdem stand das Haus leer. Allein schon, weil Paola und Raul das Gebäude damit vor dem weiteren Verfall retteten und den Gastronomiebetrieb wieder zum Leben erwecken wollten, zollten nicht nur die vier Kartenspieler, sondern alle Anwesenden ihnen mindestens Respekt. Paola Ortiz war eine von ihnen, die »es geschafft« hatte, und kaum jemand hatte etwas dagegen, wenn der Glanz der *haute cuisine*, vielleicht sogar eines Michelin-Sterns, auf Getaria fiel. Daher hatte auch niemand etwas gegen Raul Fornier vorzubringen – zumindest nicht öffentlich und gegenüber der Polizei, doch insgesamt schienen die guten Meinungen aufrichtig zu sein, sie wurden ohne spürbare Vorbehalte kundgetan. Sofern es Neid oder Differenzen gab, erfuhren Ibara und Zamorra bei diesem Mittagessen nichts davon. Weitere mögliche Gründe oder gar Motive, warum jemand Paola Ortiz etwas angetan haben mochte, ergaben sich jedoch auch nicht.

Ratlos grübelten sie nach dem Essen über einem *cortado* darüber nach, wo sie neue Informationen sammeln könnten, als Ibaras Telefon klingelte.

»Raul hier, entschuldigen Sie, dass ich störe.«

»Sie stören doch nicht, wie geht es Ihnen?«

»Ich …« Mit dieser Frage schien er nicht gerechnet zu haben. »Ich komme zurecht«, sagte er zögernd. »Könnten Sie noch einmal bei mir vorbeikommen? Ich muss Ihnen etwas zeigen.«

Gerade als Ibara antworten wollte, klingelte auch Zamorras Smartphone. Sie nickte ihm zu und nahm das Gespräch an, während sie gleichzeitig in ihre Uniformjacke schlüpfte und aus dem Gastraum eilte.

»Sehr gern. Geben Sie mir zehn Minuten, ich bin ganz in der Nähe.«

Ibara beendete das Gespräch und bezahlte. Draußen vor dem Restaurant erwartete seine Kollegin ihn bereits ganz ungeduldig. »Das war Alba. Sie hat gerade erfahren, dass in einer Stunde eine große Teamsitzung anberaumt wurde, um uns auf den neuesten Stand der Ermittlungen zu bringen.« Sie machte eine dramatische Pause. »Und wir sollen kommen! Kaum zu glauben, oder nicht? Arbós hat ausdrücklich Anweisung gegeben, uns Bescheid zu sagen.«

Ibara grinste. »Überleg doch mal, er hat keine andere Wahl! Wenn er selbst auf Getarias Straßen ermitteln würde, könnte ihn am Ende noch jemand als den Sohn des Fischers erkennen, der er ist. Ich frage mich gerade, ob die Leute hier über ihn auch sagen, dass er *es geschafft* hat.«

»Keine Ahnung, ist das wichtig?«

»Weiß nicht. Aber kannst du vorfahren? Ich nehme mir ein Taxi und komme nach. Raul Fornier hat mich gebeten vorbeizukommen.«

Zamorra zog mit einer spöttisch übertriebenen Grimasse die Augenbrauen hoch. »Du willst allen Ernstes die Teamsitzung von Comisario General Miguel Arbós verpassen?«

»Ich will mich lieber um den wichtigen Teil der Ermittlung kümmern.«

»Na klar.« Sie lachte gutmütig und winkte. »Wir sehen uns später!«

Ibara ging zu Fuß Richtung *XoX*. Er war durchaus neugierig auf diese Teamsitzung und die Erkenntnisse von Iturriko und den anderen. Insgeheim musste er sich jedoch eingestehen, dass die Erleichterung überwog, einer weiteren Begegnung mit Arbós noch einige Zeit zu entkommen. Die erste – und letzte – Teamsitzung mit dem Comisario aus Bilbao hatte er in sehr schlechter Erinnerung behalten. Einzig die Rechtsmedizinerin Doctora Gabriela Cortez hatte sich von seiner ruppigen Art und seinem Führungsstil, wie er zu Zeiten der Franco-Diktatur in den Sechzigern mal üblich gewesen sein mochte, nicht einschüchtern lassen. Die Frau hatte ohnehin bei Ibara einen bleibenden Eindruck hinterlassen. Leider hatte sich seitdem die Möglichkeit eines Wiedersehens nicht ergeben. Und einfach zu versuchen, sich mit ihr zu verabreden, hatte Ibara sich nicht getraut. Dafür war er zu sehr aus der Übung, was das Flirten oder allgemein den Umgang mit dem weiblichen Geschlecht anbelangte.

Unter einem Rundbogen an der alten Kirche San Salvador hielt er inne.

Ob Gabriela auch dieses Mal die Ergebnisse der Obduktion vorstellen würde? Der Gedanke gab seiner Erleichterung einen kleinen Dämpfer. Doch dann gab er sich einen Ruck und ging weiter. Wenn er sich beeilte, bekam er vielleicht noch das Ende der Sitzung mit.

Raul Fornier erwartete ihn im Gastraum des Restaurants, wo bis auf das Schild an der Eingangstür *Wegen Todesfall geschlossen* alles unverändert schien. Er trug eine Outdoorhose und eine Fleecejacke über einem T-Shirt.

»Wollen Sie verreisen?« Ibara zeigte auf den großen Rucksack, der an dem künstlichen Brunnen lehnte.

»Ich gehe von hier aus los und wandere für ein paar Tage die Küste entlang.« Er machte eine unbestimmte Handbewegung und blickte sich dann in dem Restaurant um, als sähe er das alles zum ersten Mal. »Ich brauche ein wenig Abstand. Vielleicht folge ich dem Jakobsweg, mal sehen. Spätestens in Santiago di Compostela drehe ich wieder um. Und dann weiß ich vielleicht auch, wie ich weitermache.« Er stockte, und Ibara glaubte schon, er würde anfangen zu weinen.

»Lassen Sie Ihre Trauer ruhig zu«, meinte er mit sanfter Stimme.

Doch Raul schluckte erfolgreich gegen die Tränen an. »Bringt ja nichts«, meinte er nur. Dann stand er einfach nur mit hängenden Armen da.

Ibara trat auf ihn zu und klopfte ihm ermutigend auf die Schultern. Dann räusperte er sich. »Dürfen Sie denn von hier weg? Was, wenn Comisario Arbós Informationen benötigt?«

»Mir hat niemand gesagt, was ich tun oder lassen soll. Genauer gesagt hat sich außer Ihnen gar niemand um mich gekümmert. Ich habe nicht einmal eine Nummer Ihres ehrenwerten Comisario, deshalb habe ich Sie angerufen.«

»Verstehe.« Ibara fand das merkwürdig. Er war davon ausgegangen, dass Angehörige von Opfern zumindest eine Anlaufstelle genannt bekämen, wo sie sich bei Bedarf Unterstützung holen könnten. Außerdem hatte Raul seine Frau als Erster entdeckt, seine Zeugenaussage müsste doch offiziell aufgenommen werden? Wenn Ibara an seine üblichen

Tätigkeiten und die Vorschriften dachte, die es im Falle eines einfachen Taschendiebstahls zu beachten gab, und wie lange es dauerte, bis er das gesamte Prozedere abgewickelt hatte, konnte es bei einem Gewaltverbrechen doch nicht weniger kompliziert zugehen? Er hatte – glücklicherweise – diesbezüglich kaum Erfahrungen.

Er entschied, dass dies nicht seine Angelegenheit war. Arbós hatte seine eigenen Methoden, und Ibara wollte sich nicht mit ihm anlegen. »Was wollten Sie mir zeigen?«

»Kommen Sie mit.« Raul führte Ibara hinauf in das Arbeitszimmer. Auch dort hatte sich nichts verändert. Raul zog eine Schublade unter dem Schreibtisch auf. Eine abgegriffene Ringmappe lag dort drin, darunter einige handgeschriebene Zettel und ein zerknickter Pappordner, der Fett- und Kaffeeflecken aufwies.

»Das ist, wenn Sie so wollen, das Herzstück unseres Restaurants. Unsere eigenen Rezepte und Notizen. Und es fehlt ein altes Rezeptbuch.«

Ibara nahm den Pappordner und blätterte darin. Er konnte die hastig dahingekritzelte Schrift kaum lesen, die Wörter waren eine eigenwillige Mischung aus Französisch, Spanisch und Baskisch, Mengenangaben, dazu kryptische Abkürzungen. »Kann jemand außer Ihnen oder Ihrer Lebensgefährtin etwas damit anfangen?«

»Nur Paola, nicht einmal ich.« Er rieb sich über die Unterarme. »Die sind für die Nachwelt verloren.«

»Dann wundert es mich nicht, dass Sie es nicht in einem Tresor aufbewahren. Und was fehlt?«

»Einige Wochen vor unserer Eröffnung hat Paola ein Rezeptbuch in die Finger bekommen. Eine richtige Kladde mit festem Einband, darin handgeschriebene *pintxos*-Rezepte auf Baskisch. Sie machte ein großes Geheimnis daraus, wo sie das Buch herhatte, nicht einmal ich weiß es. Öffentlich behauptete sie, es wären alte Familienrezepte, doch sie widersprach sich, mal war es ihre Großmutter, die sie ihr überlassen hatte, mal eine Tante. Jedenfalls sind die Rezepte alt – und gut. Sogar ganz hervorragend, ein Stück verloren geglaubtes Wissen über bodenständige baskische Küche von vor über fünfzig Jahren. Mit vielen regionalen Zutaten, das passte perfekt in unser Konzept. Zwischendurch hatten wir sogar überlegt, das Restaurant *Amamas Schätze* oder so etwas in der Art zu nennen. Und dieses Rezeptbuch mit allen zusätzlichen Aufzeichnungen und Anmerkungen liegt sonst immer genau hier.« Er holte Luft, sprach jedoch nicht weiter.

Ibara legte den Pappordner zurück. »Sie haben gesagt, dass Paola am Dienstagabend kochen wollte – was sie häufiger tat, um neue Rezepte zu finden. Dann ist es doch nur logisch, wenn sie das Rezeptbuch nach unten in die Küche mitgenommen hat, oder?«

»Ja, das ist sogar wahrscheinlich. Aber unten ist es auch nicht.«

»Die Spurensicherung könnte es eingepackt haben.«

Raul schüttelte heftig den Kopf. »Der Mann von der Spurensicherung, dieser Arriola, hat mir alles gezeigt, er hat das Messer mitgenommen, ein paar Gewürzdosen, auf denen Fingerabdrücke waren, und ein paar weitere Küchenutensilien. Das weiß ich so genau, weil er mir den Zestenreißer unter die Nase gehalten und mich gefragt hat, wozu der gut ist.«

»Den was?«

Raul machte eine Handbewegung, als schabe er etwas. »Damit wird die Schale von Zitrusfrüchten abgekratzt. Das Rezeptbuch war jedenfalls ganz sicher nicht dabei, daran würde ich mich erinnern.«

»Sie glauben also, dass es gestohlen wurde? Oder dass die Person, die Paola erstochen hatte, es vielleicht sogar ganz gezielt darauf abgesehen hat?«

Raul zuckte mit den Schultern. »Sehen Sie sich um, wir besitzen keine Reichtümer. Wenn es etwas Wertvolles in diesem Haus gab, waren es Paolas Rezepte.« Er lächelte bitter. »Falls es wirklich darum ging, hätte der Mörder Paola besser entführt. Das Rezeptbuch mag seinen Wert haben, aber der eigentliche Schatz war in Paolas Kopf.«

»Wer wusste denn von diesem Buch?«

»Das ist das Problem: die halbe Stadt. Wir haben da nicht nur kein Geheimnis draus gemacht, sondern es wurde, wenn auch nicht im Namen des Restaurants, Teil unserer Vermarktungsstrategie. ›Bewährtes in neuem Gewand‹ und so ähnlich. Ich weiß nicht, ob Ihnen bewusst ist, dass es ohnehin gerade so einen Trend gibt, diese alten Dinge neu zu beleben. Nicht nur in der Küche, auch im Haushalt oder im Handwerk. ›Was Oma noch wusste‹ und so was, da gibt es Tausende Videos auf YouTube, wo irgendwelche Hipster dir zeigen, wie sie einen Kragen bügeln oder Ameisen mit Backpulver bekämpfen.«

Ibara nickte nachdenklich. Isobel war immer völlig begeistert davon, wenn sie etwas Neues entdeckte, was zu einem ganz neuen Austausch zwischen ihr und seiner Schwiegermutter Finia geführt hatte. Eigentlich brauchte seine Tochter kein YouTube, sie hatte das Wissen noch in Form ihrer Amama im Haus. Den beiden machte es Spaß, sich die Videos gemeinsam anzusehen und herauszufinden, an welchen der gezeigten Ratschläge etwas dran war und welche Humbug waren. *Debunken*, so nannte Isobel das. Sie träumte bereits davon, eigene Videos zu drehen, aber Finia weigerte sich bisher standhaft.

»Gut, danke sehr, Raul. Das könnte ein Hinweis darauf sein, was der Täter hier wollte. Oder die Täterin, darüber wissen wir schließlich noch nichts.«

Raul nickte gedankenverloren. »Frauen sind in der gehobenen Küche viel zu selten. Ist eine Männerwelt. Paola war in vielfacher Hinsicht etwas ganz Besonderes. Die konnte sich die Kerle aussuchen.«

Wieder hatte Ibara einen Sekundenbruchteil das Gefühl, als schwebten ungesagte Worte durch die Luft. War Raul eifersüchtig gewesen? Gab es andere Männer in Paola Ortiz' Leben?

»Wie meinen Sie das?«

»So, wie ich es sage. Sie hatte eine ganze Armee von Verehrern. Das war schon immer so, und je erfolgreicher sie wurde, desto mehr Kerle zog sie an.«

»Das klingt, als würden Sie sich darüber wundern, dass sie sich ausgerechnet für Sie entschieden hat.«

Raul rieb sich mit dem Zeigefinger den Nasenrücken und lächelte plötzlich versonnen. »Ja, manchmal habe ich das getan. Aber kennen Sie das, wenn Sie das Glück nicht infrage stellen wollen?«

Ibara fühlte einen Stich in der Brust. Das kannte er nur zu gut. Und auf einmal war es auf und davon, das Glück, und hatte ihn und die gemeinsame Tochter einfach sitzen gelassen. Wie oft hatte er sich gefragt, ob er das nicht hätte kommen sehen sollen, genau das hätte tun müssen, das Glück infrage stellen?

Er zog sein Telefon aus der Hosentasche und kontrollierte, ob Raul Forniers Nummer bei seinem Anruf kurz zuvor angezeigt worden ist. »Gut, Ihre Nummer habe ich, falls ich Sie erreichen müsste. Dann brechen Sie besser auf, wenn Sie noch ein paar Kilometer bis nach Santiago schaffen wollen.«

»Ich habe es nicht eilig.«

6.

»Kochrezepte.« Arbós schüttelte ungläubig den Kopf. »Wegen so etwas bringst du doch niemanden um!«

Sie standen im Flur der *Comisaría* in Zarautz vor dem Besprechungsraum im obersten Stockwerk. Ibara hatte es nicht mehr vor Ende der Sitzung geschafft, jedoch, so weit hatte ihn Zamorra in knappen Sätzen bereits auf den Stand der Dinge gebracht, auch nichts verpasst. Doctora Cortez war nicht anwesend gewesen.

»Es sind ja nicht irgendwelche Rezepte, sondern der Grundstein des großen Erfolges«, widersprach Ibara. »Da war jemand neidisch und wollte ein Stück vom Kuchen abhaben.«

»Beziehungsweise sich den eigenen Kuchen backen können.« Arbós wechselte ohne Übergang vom Kopfschütteln zu einem nachdenklichen Nicken. »Arriola, habt ihr in der Küche Rezepte gefunden?«

Der Angesprochene stand noch im Raum und unterhielt sich mit einem Kollegen, den Ibara vom letzten Mal wiedererkannte. Er erinnerte sich nicht an den Namen, doch er war ebenfalls aus dem Team der Spurensicherung. Die beiden verließen den Raum und kamen zu ihnen. Iturriko gab dem

Kollegen ein Zeichen, dass er nachkommen würde, und trat dann mit einer kurzen Begrüßung heran. »Rezepte?«

Arbós machte eine unwirsche Handbewegung. »Kochrezepte. Ein Buch, ein Tablet. Wenn die Ortiz in der Küche gewesen war, um Sachen auszuprobieren, muss sie doch Vorlagen gehabt oder sich Notizen gemacht haben. Was auch immer. Fornier oder die anderen Mitarbeiter können ihr kaum in den Kopf gucken.«

»Da war nichts, kein Schnipsel. Daran würde ich mich erinnern.« Iturriko hob bedauernd die Schultern.

»Vielleicht auf ihrem Smartphone? Bestimmt gibt es Apps für so etwas.«

»Ihr habt ihr Smartphone?«, fragte Ibara erstaunt.

»Ja, sie trug es in der Hosentasche. Ich glaube nicht, dass da etwas in der Richtung drauf war, aber ich lasse das noch einmal überprüfen.« Er schaute auf seine Armbanduhr. »Sonst noch was?«

Arbós grummelte etwas vor sich hin und scheuchte ihn davon. Iturriko verdrehte verstohlen die Augen, dann winkte er Zamorra und Ibara zum Abschied wortlos.

»Ganz egal, wie Paola Ortiz sich Notizen gemacht hat, dieses Rezeptbuch ist weg. Und wenn es wirklich die Grundlage für den Erfolg des Restaurants gewesen ist, dann wäre das doch ein plausibles Motiv.«

»Der Täter oder die Täterin könnte es verkaufen«, überlegte Zamorra laut. »Oder selbst benutzen.«

Ibara fiel die Formulierung wieder ein, die Jago, der Verkäufer, der die Tücher vor seinen Laden dekoriert hatte, benutzt hatte: *Wenn Sie mich fragen, sollten Sie den Mörder unter den anderen Restaurantbesitzern suchen.*

War die gesamte Angelegenheit wirklich so einfach, lag das Motiv wie ein Amuse-Gueule auf dem Präsentierteller?

»Hören Sie sich weiter um, Sie beide.« Arbós reckte sein schwabbeliges Kinn. Dann murmelte er noch etwas, das niemand verstand, und wandte sich grußlos ab. Ibara und Zamorra tauschten einen ratlosen Blick.

Kurz vor dem Treppenabsatz blieb Arbós stehen, drehte sich noch einmal um und kam einige Schritte zurückgewatschelt. »Ibara.«

»Ja?« Ibara trat seinerseits ein paar Schritte vor, was dazu führte, dass Arbós zu ihm aufsehen musste.

»Was ich noch sagen wollte.« Er runzelte die Stirn und wischte sich dann darüber, als wollte er sie glatt ziehen.

Ibara reckte sich unauffällig noch etwas. »Vielleicht: Gut gemacht, Ibara?«

»Ach, Quatsch. Die Mitarbeiter von Ortiz. Überprüfen Sie alle Alibis.«

»In Ordnung.« Ibara schaute zu Zamorra, die ihm ein unauffälliges Zeichen gab. Arbós beachtete sie nicht weiter, sondern stapfte davon.

»Was weißt du, das ich nicht weiß?« Ibara schnaubte genervt. Nur ein paar kurze Begegnungen, und Humpty Dumpty schaffte es, seine übliche Gelassenheit wieder den Bach hinuntergehen zu lassen.

Zamorra klopfte auf eine Pappmappe, die sie die ganze Zeit in der Hand gehalten hatte. »Das war vorhin in der Besprechung schon ein Thema. Dabei hat unser Meisterdetektiv offenbar vergessen, diese Aufgabe zu vergeben, sodass das jetzt an uns hängen bleibt. Es sind insgesamt sechs Personen: ein fest angestellter Oberkellner und eine Teilzeitkraft für den Service, dazu ein Lehrling. Dann noch ein – wie nennt man das? – Beikoch und zwei Aushilfen.« Sie schlug die Mappe auf und setzte an, um etwas vorzulesen, doch Ibara hob die Hand und unterbrach sie. »Wollen wir nicht drüben bei Jiannis einen *cortado* trinken und eine Kleinigkeit essen?«

Zamorra zögerte. »Wir haben doch vor kaum zwei Stunden etwas gegessen.«

»Eine süße Kleinigkeit geht doch immer.«

»Sagt der, der auch mit über vierzig noch einen Stoffwechsel wie ein Siebzehnjähriger hat.«

Ibara setzte an, um zu widersprechen, als ihm klar wurde, dass Zamorra ganz bewusst ablenkte. »Ich brauche jedenfalls jetzt einen guten Schuss Koffein. Und zwar an einem sicheren Ort, an dem uns ein gewisser Herr nicht auf den Leib rückt. Ich lade dich ein, komm.«

Dem hatte seine Kollegin nichts entgegenzusetzen. Ibara hatte die starke Vermutung, dass es weniger um die Kalorien, sondern vielmehr ums Geld ging. Zamorras Mittagessen, eine Portion *patatas bravas* mit *aioli*, war selbst für ihre Verhältnisse eher kärglich gewesen. Die Frage, ob sie sich das Angebot, auf Finias Hof zu wohnen, überlegt hatte, brannte ihm wieder auf der Zunge, doch er beherrschte sich. Zamorra, das konnte er ihr ansehen, war mit den Gedanken völlig woanders.

»Ich habe noch eine gute halbe Stunde, dann muss ich Josh abholen«, erklärte sie auf dem Weg nach draußen.

»Gut, das schaffen wir.« Da er keine Lust hatte, allein wieder nach Getaria zu fahren, würde er ebenfalls Feierabend machen. Arbós hatte keine Angaben dazu gemacht, wie schnell er Ergebnisse haben wollte. Und ganz egal, wie viele Fragen er den Gastronomen in der kleinen Stadt heute noch stellen, unerheblich, wie viele wertvolle Erkenntnisse er liefern würde, es war ohnehin keines Lobes würdig. Das hatte Arbós mit seiner Reaktion auf das fehlende Rezeptbuch und damit mögliche Motiv vorhin eindrücklich bewiesen.

Sie betraten die *Txokolatea Gozotegia*, eine der besten Bäckereien, die Ibara kannte. Der Inhaber war gebürtiger Mexikaner, seine Frau dagegen Baskin. Sie führten das Familienunternehmen mit großem Erfolg und hatten Filialen in Städten wie Bilbao, Madrid und sogar Barcelona. Kaum jemand wusste, dass sich das Stammhaus in einer schmucklosen Nebenstraße in Zarautz befand.

Zu Ibaras Erleichterung gönnte sich Zamorra eine große Schokolade mit geschäumter Milch, während er einen *cortado* nahm. Dazu bestellten sie einen Teller mit *pastelitos de bocado*, mundgerechte Happen quer durch die baskische süße Welt. Wenn er hier war, konnte Ibara den kleinen Windbeuteln, Schichtkuchen oder Pasteten einfach nicht widerstehen.

Sie setzten sich an einen winzigen Tisch am Fenster. »Sechs Leute haben Paola und Raul also beschäftigt? Ist das viel oder normal?«

»Keine Ahnung. Die Hilfskräfte in der Küche können wir vernachlässigen, glaube ich. Die haben nur gespült und geputzt. Wenn mich nicht alles täuscht, ist einer der beiden der Sohn einer früheren Nachbarin meiner Eltern. Der Beikoch ist noch sehr unerfahren und jung, also wenn du mich fragst: Sofern die Sache mit den gestohlenen Rezepten der Grund ist, die Chefin umzubringen, dann hätte der doch besser noch ein paar Jahre gewartet. Ohne die entsprechende Erfahrung nutzt dem ein gutes Rezept wenig.«

»Ja, stimmt.«

»Der Oberkellner ist auch ein … Wie heißt das noch mal? Der kennt sich mit Weinen aus und empfiehlt dir, was du trinken sollst.«

»Sommelier?«

»Richtig. Auch ein Franzose, Jean Vareilles, Anfang fünfzig, kommt ursprünglich aus der Provence. Von ihm stammt übrigens diese Liste hier. Wenn ich das richtig verstanden habe, hat er Raul und Paola bei der Arbeit in einem Restaurant in Nizza kennengelernt, und als die beiden hier eröffnet haben, haben sie ihn abgeworben.«

»Vareilles aus der Provence, Fornier aus Marseille, Ortiz von hier – die scheinen ja von überallher zu kommen.«

»Das kannst du laut sagen. Ist aber anscheinend üblich, wenn du in der Spitzengastronomie arbeitest. Bei ihm würde unsere Theorie vielleicht eher passen: Er sucht sich einen neuen Arbeitgeber und bietet dem das Rezeptbuch an.«

»Klingt das in deinen Ohren plausibel?«

»Eigentlich nicht. Wenn er mit den beiden nicht hätte arbeiten wollen, hätte er einfach wieder gehen oder gleich in Nizza bleiben können. Aber wir sollten trotzdem mit ihm reden.«

»Vielleicht hat er bei Gesprächen der Gäste etwas aufgeschnappt oder sich sogar mit welchen über das Rezeptbuch unterhalten.«

»Sagtest du nicht vorhin, das Buch wäre nicht nur kein Geheimnis, sondern Teil der Vermarktungsstrategie? Dann hat er vermutlich mit allen darüber gesprochen, meinst du nicht?«

Ibara verschluckte sich an einem Windbeutel und hustete, bevor er zugab, dass sie recht hatte.

»Und die anderen?«, fragte er weiter.

»Da wäre der Lehrling, Iker Aguirre. Er will eine Ausbildung an einer Hotelfachschule in der Schweiz machen und dafür Erfahrungen sammeln. Die Servicekraft heißt Hodei Ortiz – sie ist ganz entfernt verwandt mit Paola. Laut dem Kellner scheint sie bei den anderen nicht sehr beliebt zu sein und sich immer wieder vor der Arbeit zu drücken oder vor ihrer Schicht kurzfristig abzusagen.«

»Ärgerlich. Aber wie sich daraus ein Motiv stricken ließe, die Chefin abzustechen, erschließt sich mir nicht. Das klingt eher danach, als hätte sie die Anstellung nur aus Gefälligkeit bekommen, weil sie zur Familie gehört. Wenn sie dafür sorgt, dass der Betrieb geschlossen wird, indem sie ihre Verwandte tötet, bringt sie sich gleichzeitig auch noch um ihren Job. Das wäre das Gegenteil von sinnvoll und plausibel.«

»Du sagst es.« Zamorra klappte die Mappe zu und schob sie Ibara über den Tisch hinweg zu. »Kannst ja selbst mal reinlesen, vielleicht entdeckst du noch etwas. Die Informationen werden natürlich noch laufend ergänzt, unsere Kolleginnen und Kollegen sind noch in der Nachbarschaft unterwegs, um dort Fragen zu stellen.«

»Was? Ich dachte, es herrscht allerorts Personalmangel. Wie viele Leute hat Arbós denn zur Verfügung?«

»Was weiß ich?« Zamorra lachte. Sie stand auf und tippte sich auf das Handgelenk, wo sie eine Armbanduhr tragen würde, um anzudeuten, dass es Zeit für sie war, zu gehen. »Unsere Dienststelle, dazu noch Arbizu und zwei weitere aus dem Nachbarort sowie die Leute, die Arbós selbst mitgebracht hat. Bei mir am Schreibtisch sitzt einer, der aussieht wie ein Oberlehrer und irgendwelche Datenbanken durchwühlt.«

»Mach, dass du wegkommst. Nein, lass das Geld stecken, ich habe gesagt, du bist eingeladen. Warte!« Ibara sprang auf und nahm den Teller mit den *pastelitos*. »Lass die einpacken, dann freut Josh sich umso mehr, dich zu sehen.«

»Und Isobel? Die kannst du deiner Tochter unmöglich vorenthalten.« Zamorra sagte das ganz vernünftig, aber ihr schmachtender Blick auf den noch halb vollen Teller verriet sie.

»Ich lasse mir auch welche mitgeben. Nun mach schon.« Ibara fand, dass Zamorras Zeitnot auch manchmal etwas Gutes hatte – er lächelte aufmunternd, und sie gab nach, statt weiter zu diskutieren. Er setzte sich noch eine Weile an den

Tisch und vertiefte sich in die Mappe, die allerdings keine weiteren Informationen bereithielt, alles Interessante hatte Zamorra berichtet. Dazu bestellte er noch ein Wasser und eine große Portion gemischte *pastelitos* zum Mitnehmen, wobei die schon erheblich geschrumpft war, als er die *Gozotegia* verließ.

7.

Es war bereits dunkel, als Ibara in den Hof einbog. Vom Golf der Biskaya waren nicht nur dunkle Wolken aufgezogen, die Regen versprachen, auch der Wind war kalt und ruppig geworden. Ibara machte das Wetter wenig aus. Er hatte um diese Jahreszeit immer mindestens eine Regenjacke, meist auch eine wärmere Outdoorjacke auf dem Rücksitz. Wer am Atlantik lebte, musste raues Klima, Kälte und Regen und dazu plötzliche Umschwünge vertragen können. Ibara hatte die ersten gut zwanzig Jahre seines Lebens in Brüssel und Hamburg gelebt, *Schietwetter* schockierte ihn nicht. Im Gegenteil, wenn er von Freunden und der Familie hörte, dass die Sommer im Nordwesten Europas immer heißer und vor allem trockener wurden, wusste er das feuchtere Klima an der Küste umso mehr zu schätzen. Es war bestimmt auch nur eine Frage der Zeit, bis Reisende das verstanden hatten. Bisher war das Baskenland, trotz der unfreiwilligen Werbung aufgrund der Dreharbeiten für die Fantasyserie »Game of Thrones« von den wirklichen Massen an Reisenden, die über andere Regionen herfielen, verschont geblieben.

Er parkte neben der Scheune. Zu seinem Bedauern waren Rucio und Cinderella bereits im Stall, auch Whoopy schien den heutigen Abend im Haus – und, wenn niemand aufpasste, auf der Wohnzimmercouch – zu verbringen. Natürlich war es vernünftig und erfreulich, dass Isobel sich bereits um alles gekümmert hatte, doch ihm fehlte das tierische Empfangskomitee.

Mit der Schachtel *pastelitos* in der Hand betrat er das Haus. Ein höchst merkwürdiger Essensgeruch empfing ihn. Bevor er der Ursache auf den Grund gehen konnte, polterte seine Tochter aus dem ersten Stock die Treppe hinunter. Ein leiseres, schnelles Tappen von Hundepfoten folgte – Whoopy hatte also nicht unerlaubt auf dem Sofa, sondern auf Isobels Bett gelegen.

»Rafa, endlich! Stell dir vor, Lukas könnte noch zwei Wochen herkommen, bevor sein Studium losgeht. Darf er? Amama hat es erlaubt!«

»Ich habe gar nichts erlaubt! Ich habe gesagt, dass dein Vater das entscheiden soll.« Ibaras Schwiegermutter Finia erschien mit einem Handtuch und einer Schüssel in der Hand in der Küchentür und funkelte ihre Enkelin mit ihren dunklen Augen empört an.

Isobel, die gerade dazu ansetzen wollte, ihren Vater zu umarmen, wandte sich ihr zu und stemmte die Hände in die Seiten. »Du hast gesagt, du hast nichts dagegen, wenn er Ja sagt. Also hast du es erlaubt.«

Whoopy nutzte den unbeobachteten Moment, um sich an ihrem jungen Frauchen vorbeizudrücken und freudig an Ibara hochzuspringen. Dabei fixierte ihr bettelnder Blick sofort die Schachtel in seiner Hand. Lächelnd kniete er nieder und kraulte die freudig wedelnde Hündin hinter dem Ohr, die daraufhin versuchte, ihm über das Gesicht zu lecken.

»Kümmere dich lieber um deinen merkwürdigen Pudding. Hast du nicht gesagt, die Schale darf nicht auf dem Topfboden aufsetzen?« Finia machte eine übertrieben einladende Handbewegung in Richtung Küche und ließ dabei das Handtuch flattern.

»Setzt sie auf? Oh nein, oh nein, oh nein!« Isobel stürmte in die Küche.

»Was ist hier eigentlich los?«

»Komm in die Küche. Deine Tochter hat in der Schule englische Woche.«

»Das habe ich bereits mitbekommen. Sie hat alle alten Postpunk-CDs aus meinem Zimmer geplündert, weil es diese ›antike‹ Musik angeblich nicht auf *Spotify* gibt.«

»Und jetzt kocht sie für ein Essen morgen in der Schule gerade *Treacle Sponge Pudding* in einem Wasserbad nach einem Rezept von diesem britischen Fernsehkoch, den sie so verehrt.«

»Melassesirup? Verstehe ich das richtig?«

Isobel erschien hinter Finia. »Ich habe *Lyle's Original Golden Syrup* im Internet bestellt. Das ist Zuckerrübensirup, der gilt auch.«

»Vielleicht sollten wir danach Ausschau halten, ob Paola Ortiz vorhatte, ein kulinarisches Verbrechen zu begehen«, brummte Ibara mehr zu sich. »Das könnte doch ein plausibles Motiv ergeben.«

»Was sagst du, Papa?« Isobel schaute ihn mit einem

liebenswürdigen Lächeln an. Sie sagte nur »Papa« zu ihm, wenn sie unter starkem Stress stand oder etwas von ihm wollte. Ibara stellte die Schachtel auf dem Küchentisch ab und legte Smartphone und Autoschlüssel daneben. »Jetzt lasst mich erst einmal die Jacke ausziehen.« Aus den Augenwinkeln betrachtete er den dampfenden Kochtopf auf dem Gasherd. Der Deckel hob und senkte sich wie ein Blasebalg. Es roch leicht verkokelt, doch da mischte er sich lieber nicht ein, solange niemand das Haus in Brand setzte.

»Und, darf Lukas jetzt kommen?«, fragte Isobel, kaum dass er im Flur Jacke und Schuhe ausgezogen hatte und in die Küche zurückgekehrt war. Finia lächelte verstohlen und setzte eine Miene auf, mit der sie klar zu verstehen gab, dass diese Entscheidung sie nichts anging.

»Nur Lukas? Oder auch sein Bruder?« Die beiden hatten mit zwei weiteren Freunden im Frühjahr erst als Verdächtige, später als potenzielle Zeugen in der Scheune des Hofes übernachtet, weil in der Nähe ihres – wilden – Campingplatzes die Leiche eines Mädchens gefunden worden war. Die vier deutschen Jungs waren nur zur falschen Zeit am falschen Ort gewesen, was ihnen einen unfreiwilligen längeren Aufenthalt auf Finias Hof eingebracht hatte. Isobel und der jüngste der vier, Lukas, hatten sich ineinander verliebt, was den gesamten Sommer über zu heimlichen und äußerst herzzerreißenden nächtlichen Skype-Telefonaten zwischen dem Baskenland und Stuttgart geführt hatte. Ibara hatte wirklich Mitleid und daher so getan, als bekäme er im Nebenzimmer bei offenem Fenster nichts von diesen Gesprächen mit. Warum sollte er es auch verbieten? Isobel war alt genug, um selbst zu entscheiden, wie viel Schlaf sie braucht, sie war gut genug in der Schule, und zusätzliche Kosten verursachte sie auch nicht, da die Internetverbindung im Haus eine Flatrate beinhaltete.

Allerdings hatte er darauf gehofft, dass Distanz und Zeit die beiden wieder auf ganz natürlichem Wege trennen würde. Dass dies bisher nicht eingetreten war, sollte ihn allerdings als Letzten wundern. Er und Isobels Mutter hatten sich schließlich auch viele Jahre über eine große Entfernung nacheinander gesehnt, und das in den Anfängen des Internets – Ibara erinnerte sich, dass er in der Hamburger Universität gesessen und mit Sofia über ICQ gechattet hatte, um die Kosten unter Kontrolle zu halten. Ab und zu gönnten sie sich ein Telefongespräch, Sofia aus einer Telefonzelle, damit ihre Eltern nichts mitbekamen. Hatte Finia damals auch einfach weggesehen und gehofft, es würde sich ganz von selbst regeln?

Er schaute zu ihr, und ihre Blicke trafen sich. Um ihre Mundwinkel lag ein leichtes wissendes Lächeln. *Die Geschichte wiederholt sich*, sagte es. Und soweit er wusste, hatte sie es in Bezug auf ihn als Schwiegersohn nie bereut, sonst würden sie nicht heute noch gemeinsam unter einem Dach leben.

»Nur Lukas«, erklärte Isobel resolut mitten in seine Gedanken hinein. »Er will mit dem Zug fahren, aus ökologischen Gründen. Na ja, und weil doch die EU diese Bahntickets für Studenten ausgegeben hat, ich habe ja auch eins.«

»So, und hinterher, wenn er hier war, fahrt ihr dann gemeinsam nach Paris.«

Isobel riss die Augen auf. »Ach Quatsch. Das kann ich mir gar nicht leisten!«

Finia hielt sich das Handtuch, mit dem sie die ganze Zeit herumgespielt hatte, vor den Mund, damit niemand sehen konnte, wie sie sich das Lachen verbiss. Ibara benötigte ebenfalls keine psychologische Zusatzausbildung, um genau zu verstehen, dass Isobel auf das Gegenteil von dem hoffte, was sie sagte.

»Soso«, meinte er nur.

»Du sagst doch auch immer, dass Reisen bildet.«

»Und wo soll er übernachten? Für Camping in der Scheune wird es zu dieser Jahreszeit ein wenig zu kalt.« Ibara hob amüsiert die Augenbrauen.

Mit einem unverständlichen Brummen wandte Isobel sich dem dampfenden Topf zu, regelte die Temperatur des Herds und betrachtete hoch konzentriert den tickenden Kochwecker in Form eines Huhns.

»In deinem Zimmer jedenfalls nicht.«

»Schon klar, Rafa.«

Keine weiteren Vorschläge. Ibara seufzte laut und legte sich die Hand in den Nacken. Er überlegte, ob er noch joggen gehen könnte. Er mochte es nicht, im Dunkeln zu laufen, aber ihm war nach Bewegung. Besser: Er würde sich Whoopy schnappen und hinunter zum Strand marschieren. Zur Sicherheit konnte er für den steilen Anstieg auf dem Rückweg eine Taschenlampe mitnehmen.

»Wie lange kocht dein Kuchen noch?«

»Pudding. Die Briten nennen das Pudding.«

»Wie auch immer.«

»Eine Viertelstunde.«

»Gut. Ich ziehe mich in der Zeit um. Dann gehen wir runter zum Strand und besprechen das.«

Isobel schien protestieren zu wollen, doch sie nickte ergeben. Vermutlich erwartete sie, dass er ihr ganz sachlich erklären würde, warum Lukas nicht kommen dürfe. Aber das hatte er gar nicht vor. Solange Zamorra sich nicht entschieden hatte, die Wohnung zu nehmen, konnte der junge Mann prima in der leer stehenden Kate unterkommen. Es war ja nicht so, dass er ihn nicht mochte, im Gegenteil. Doch die beiden waren noch so jung, Isobel wurde in wenigen Tagen gerade einmal sechzehn.

Aber vielleicht fand sich sogar für ihr Fernweh ein Kompromiss. Wozu lebte denn einer seiner ältesten und besten Freunde in Brüssel?

FREITAG, 12. SEPTEMBER

8.

»Ist dort Rafael Ibara? Comisario Ibara?«

»Ja, der bin ich.« Ibara stand noch auf dem Parkplatz an seinem Auto. Vor ihm breitete sich das blaue Meer aus, unzählige Bootsmasten reckten sich am Hafen von Getaria in den wolkenverhangenen Himmel. Es sah nach Regen aus.

»Sie müssen mir helfen. Meiner Familie. Meine Mutter ist außer sich. Die haben meinen Vater verhaftet!«

»Langsam, mit wem spreche ich überhaupt?« Die Stimme des aufgebrachten Anrufers kam ihm vage bekannt vor, doch er konnte sie nicht zuordnen.

»Pello Txurruka. Wir betreiben eine *taberna* in Getaria. Sie waren im Frühjahr bei uns, haben nach diesem toten Mädchen gefragt.«

»Richtig, ich erinnere mich.« Der Name der Bar fiel ihm nicht ein, es war eine Ziffernfolge, deren Bedeutung er vergessen hatte. Aber die Txurrukas führten einen Familienbetrieb und waren Teil der gastronomischen Vielfalt Getarias. Pellos Vater rühmte sich damit, *»haute cuisine pintxos«* herzustellen. Ibara hatte eine französisch angehauchte Version winziger Crêpe- und Galette-Röllchen, versehen mit einem traditionellen Holzpicker, probieren dürfen, die gar nicht mal so schlecht gewesen waren. Jetzt jedoch hatte er eine böse Vorahnung, denn das, was die Txurrukas beruflich machten, und der Mord an Paola Ortiz ließen sich verdächtig gut verknüpfen.

»Und Sie sagen, Ihr Vater wurde verhaftet? Warum?«

»Er soll die Ortiz abgestochen haben. Ich habe noch nicht einmal verstanden, warum. Das ist einfach lächerlich! Sie müssen ihn da herausholen, ich flehe Sie an, auch im Namen meiner Mutter!«

Ibara unterdrückte ein Seufzen. Er hatte es geahnt. Es war noch keine vierundzwanzig Stunden her, dass er Arbós ein plausibles Motiv präsentiert hatte, und schon hatte der Comisario seine Fangzähne in den Nacken eines Opfers geschlagen. Denn allein darum ging es: Erfolg und Stärke demonstrieren. Ob Pello Txurrukas Vater wirklich verdächtig war, spielte dabei überhaupt keine Rolle. »Bewahren Sie Ruhe, ich bin in ungefähr zehn Minuten bei Ihnen. Ich stehe gerade am Hafen.«

Er beendete das Telefonat, noch bevor sein Gesprächspartner mit der Danksagung an diverse Heilige fertig war, und ging mit weit ausgreifenden Schritten los. Es war bereits Nachmittag, er und Zamorra hatten sich den ganzen Morgen mit Gesprächen mit den Angestellten des *XoX* um die Ohren geschlagen. Sie hatten mit allen bis auf den Kellner Jean Vareilles geredet, den Ibara später am Tag noch treffen würde. Nicht, dass er sich davon etwas erhoffte. Von den übrigen Angestellten hatten sie nicht nur nichts Neues erfahren, sondern auch keinerlei Hinweise darauf entdeckt, dass eine dieser Personen mit dem Tod der Chefin etwas zu tun haben könnte. Die meisten hatten überzeugende Alibis für die Tatzeit, keiner hatte ein plausibles Motiv. Sie alle wussten von dem Rezeptbuch, hatten es gesehen und für Ortiz gelegentlich mit herumgeschleppt. Der Beikoch hatte daraus gekocht, gab aber an, dass Paola und manchmal auch Raul die Rezepte abgewandelt hätten. Er meinte, dass das Buch ohne die beiden nutzlos wäre. Etwas Ähnliches hatte Raul Fornier auch selbst schon gesagt, erinnerte Ibara sich. Der Lehrling Iker Aguirre gab an, ein Rezept mit Ortiz' Erlaubnis fotografiert zu haben, und gestand, Fotos von zwei weiteren gemacht zu haben. Es war also klar, dass die Angestellten oft genug die Gelegenheit gehabt hatten, den Inhalt auch komplett abzufotografieren – was entweder das Motiv infrage stellte oder mit einem Schlag diese Personen im Umfeld des Opfers entlastete. Möglicherweise sogar beides. Es konnte durchaus sein, dass Ibara und Zamorra bei diesen Vernehmungen etwas sehr gründlich übersehen hatten, viel wahrscheinlicher war aber, dass es schlicht nichts gab, das sie hätten bemerken müssen.

Wenige Minuten später erreichte Ibara die *taberna Bat-Zortzi-Hiru-Bost* und erinnerte sich wieder daran, dass der Name eine Ziffernfolge war, von der er vermutete, dass es sich um das Baujahr des schmalen Gebäudes handelte. Pello Txurruka lief vor dem Eingang hektisch auf und ab und brüllte dabei stakkatoartig in sein Telefon. Ibara blieb wenige Schritte vor ihm stehen und winkte. Es dauerte noch einige Sätze, bis der junge Mann ihn bemerkte und das Gespräch abrupt beendete. Er steckte das Smartphone in die

Innentasche seines schwarzen Sakkos und kam mit ausgestreckten Händen auf ihn zu. Wie ein Ertrinkender griff er nach Ibaras Rechter und schüttelte sie verzweifelt.

»Das war ein Anwalt.« Nun schien ihm bewusst zu werden, wie verstört er wirken musste. Er atmete tief durch, ließ Ibaras Hand los, trat einen Schritt zurück und fuhr sich mit gespreizten Fingern durchs schwarz glänzende Haar. Dann zog er die Schultern hoch. »Eigentlich nicht der Anwalt selbst, nur irgendein unfreundlicher Mitarbeiter. Der hat gesagt, sein Chef könnte erst heute Abend kommen, wenn die Termine am Gericht erledigt sind. Ich dachte immer … Also, es ist nur ein Pflichtverteidiger, den Namen und die Nummer habe ich von Ihrem Kollegen, aber im Fernsehen kommen die doch immer sofort.« Er warf die Hände in die Höhe. »Die können meinen Vater doch nicht stundenlang schmoren lassen. Er hat nichts getan!«

Ibara hatte sich das alles geduldig angehört. Jetzt trat er auf den jungen Mann zu, packte ihn an den Schultern und schob ihn sanft, aber unmissverständlich Richtung Eingang. »Langsam. Wir gehen jetzt einmal hinein und setzen uns. Dann erzählen Sie mir, was genau vorgefallen ist.«

»Tut mir leid, Sie haben ja recht. Das ist alles so viel auf einmal und dazu kompliziert. Wie kann denn mein Vater beweisen, dass er etwas *nicht* getan hat?«

»Das muss er nicht. Ein Schritt nach dem anderen und nichts überstürzen. Wir finden schon eine Lösung.«

Ein wenig beruhigter ging Pello Txurruka voraus. Er schien erst einmal einfach nur froh zu sein, dass er seine Empörung hatte loswerden können und jetzt jemand da war, der sich kümmerte. Wobei Ibara weder eine Idee hatte, was er tun konnte, noch, was von ihm erwartet wurde.

Die *taberna* schien an diesem Tag noch nicht geöffnet worden zu sein. Zur Linken waren die Stühle noch auf die Tische gestellt, hinter der langen Theke aus weißem Holz standen zwei Frauen, von denen eine so unverkennbar Pello Txurrukas Schwester war, dass Ibara sich fragte, ob die beiden Zwillinge waren. Ganz sicher waren sie beide ungefähr Anfang zwanzig, hatten eine schlaksige Statur, was bei der jungen Frau androgyn wirkte, ein Eindruck, der durch ihre Kurzhaarfrisur noch unterstrichen wurde. Sie trug einen eng anliegenden schwarzen Jumpsuit und hatte sich gerade wieder der älteren Frau zugewandt, die leise in eine Stoffserviette schluchzte. Das war vermutlich Señora Txurruka. Sie war der völlige Gegensatz der beiden, wo ihre Kinder eher kantige Züge aufwiesen, hatte sie ein weiches Gesicht.

»Das sind meine Schwester Pilar und meine Mutter Errubia.« Pello machte eine weitschweifige Handbewegung. »Das hier ist Comisario Ibara, er kann uns helfen.«

»Ich kann es zumindest versuchen«, wiegelte Ibara ab, während die beiden Frauen hinter der Theke hervorkamen und ihm die Hand gaben. »Bitte erzählen Sie mir erst einmal, was genau vorgefallen ist.«

»Pello.« Pilar deutete mit dem Kinn auf einen Tisch, nahm dort die Stühle herunter und stellte sie auf den Boden. Während Pilar ihre Mutter dorthin lotste und Ibara mit einem Wink aufforderte, sich zu setzen, verschwand ihr Bruder hinter der Theke. Im Hintergrund hörte Ibara die Siebträgermaschine schnaufen. Beide Frauen schwiegen, bis Pello mit einem Tablett voller *café* zurückkehrte und sich damit auf die andere Seite des Tisches neben seine Mutter setzte.

Dankend nahm Ibara eine Tasse entgegen und trank sie in einem Zug aus. Als die Txurrukas immer noch schwiegen, lächelte er ihnen aufmunternd zu. »Am besten wäre es, wenn Sie mir einmal ganz von vorne erzählen, was passiert ist.«

Immerhin hatte Pello sich nun so weit beruhigt, dass er still sitzen konnte. Er trommelte lediglich mit der rechten Hand auf die Tischplatte, was jedoch niemand außer Ibara zu bemerken schien. Señora Txurrukas Gesicht war beunruhigend rot angelaufen. Ibara glaubte sich zu erinnern, dass ihr Sohn damals bei ihrer ersten Begegnung gesundheitliche Probleme erwähnt hatte.

Pilar holte entschlossen Luft. »Heute Mittag, kurz bevor wir die *taberna* aufmachen wollten, hielten drei Polizeiwagen vor dem Eingang auf der Straße. Mindestens zehn Leute waren hier. Darunter ein sehr … kräftiger Mann, der offenbar das Kommando hatte.«

»Comisario Arbós, vermute ich.«

»Kann sein, er hat sich nicht vorgestellt.« Pilar zog die spitzen Schultern hoch. »Er hat auch wenig gemacht, eigentlich nur hier vor der Theke herumgestanden und ab und zu Befehle durch die Gegend gebrüllt. Er war nicht sehr … höflich.«

Ibara konnte sich gerade noch zurückhalten, ihr zu sagen, dass sie das ihrerseits sehr zurückhaltend formuliert hatte. Er konnte sich Arbós' Auftritt leider nur allzu gut vorstellen.

»Mein Vater und ich waren noch allein hier, als sie kamen«, fuhr Pello fort. »Sie haben uns getrennt, und der Fetts… der Comisario hat mich nach Rezepten gefragt. Ich habe erst gar nicht verstanden, was er wollte. Es ging um die Zubereitung unserer *pintxos*. Damit habe ich wenig zu tun, meine Eltern sind meistens in der Küche, meine Schwester und ich machen den Service und die Bar.« Er nickte Pilar zu, die den Faden wieder aufnahm. »Als wir kamen, waren sie schon dabei, meinen Vater zu einem der Wagen zu führen. In Handschellen! Er blieb ganz ruhig, meinte, das würde sich schon klären, wir sollten uns keine Sorgen machen. Ich habe mich dann um Mama gekümmert.« Die ältere Frau starrte auf ihre Hände mit der Serviette und nickte stumm. Pilar legte ihr tröstend einen Arm um die Schultern.

Pello fuhr sich erneut mit den Fingern durchs Haar. »Nachdem eine Mannschaft mit meinem Vater davongefahren war, haben die Übrigen hier alles auf den Kopf gestellt. Im Schankraum sieht es nicht ganz so schlimm aus, aber Sie sollten die Küche und das Büro nebenan mal sehen.«

»Haben sie etwas mitgenommen?«

»Jede Menge Papiere, mehrere Kartons. Ich habe das unterschrieben, aber ich weiß nicht, was genau.«

»Und wonach haben sie gesucht?«

»Wie gesagt, nach Rezepten. Kochrezepten. Mein Vater sagte sofort, dass er nur einige Kochbücher hätte, ältere Standardwerke.«

»Die er seit Jahren nicht mehr angerührt hat«, ergänzte Pilar. »Er kocht nicht nach Rezepten, sondern nach dem, was ihm durch den Kopf geht. Das macht ja seine *pintxos* so besonders und ist das Geheimnis seines Erfolges.« Sie lächelte traurig. »Wir werden in der Saison täglich mehrmals als Station der *pintxos*-Touren gebucht. Und da wissen die Leute sowieso nicht, was sie erwartet. Wenn die Gruppe kommt, fragt er nach Unverträglichkeiten oder ob es vegetarisch sein soll, und dann lässt er seiner Fantasie freien Lauf.«

Ibara nickte. Er hatte auch schon mehrere solcher Touren mitgemacht, sie waren nicht nur bei Gästen, sondern auch bei Einheimischen beliebt. »Habt ihr gar keine Karte?«

»Doch, natürlich. Die Standardgerichte kochen wir vor, aber die sind seit Jahren unverändert, da brauchen wir auch keine Rezepte. Und für die gängigen *pintxos* auch nicht.« Sie lächelte, als wollte sie sich dafür entschuldigen.

Pello schien seine Trommelei zu bemerken und legte mit einer nachdrücklichen Geste beide Hände übereinander auf den Tisch ab. »Es heißt, Paola Ortiz wäre wegen einem Rezeptbuch umgebracht worden.« Er stockte. »Ich verstehe nicht, was das mit meinem Vater zu tun haben sollte.«

»Kannten sich die beiden?«

»Flüchtig. Wie sich halt Leute in so einem kleinen Ort kennen. Meinen Vater hat es selten interessiert, was die anderen Restaurants in der Stadt angeboten haben. Natürlich hat er mit den Leuten zu tun, die Teil der *pintxos*-Touren sind. Vor Jahren, als sie damit angefangen haben, haben sie sich noch abgestimmt, damit die Leute nicht an jeder Station dasselbe zu essen bekommen. Aber mit der Zeit haben sie festgestellt, dass das Angebot so reichhaltig und verschieden ist, dass das gar nicht mehr nötig war. Jetzt geht es nur noch um die Reihenfolge, und die wird meistens ausgelost.«

»Aber das *XoX* ist keine Station«, warf Pilar ein. »Also hat er mit denen auch nichts zu tun gehabt.«

»Hat Ihr Vater sich denn mit Paola oder ihrem Lebensgefährten über Rezepte ausgetauscht?«

Pilar zog die Stirn in Falten. »Keine Ahnung. Ich würde es nicht ausschließen, aber eigentlich kann ich es mir nicht vorstellen.«

»Gab es in den letzten Tagen irgendwelche besonderen Vorkommnisse? Vor oder nach Paola Ortiz' Tod?«

Die beiden Geschwister schauen sich über den Kopf der Mutter fragend an, Señora Txurruka blickte immer noch nicht auf. Sie schien völlig abwesend, als hoffte sie, dass sich alles von ganz allein regeln würde, solange sie dem Geschehen um sich herum keine Aufmerksamkeit schenkte.

»Mir fällt nichts ein«, meinte Pello schließlich. »Die letzte *pintxos*-Tour war Freitagabend, vor genau einer Woche. Am Sonntag darauf haben sich hier einige Gäste, überwiegend einheimische Männer, die Schlussetappe der Vuelta angesehen. Seitdem ist es erwartungsgemäß ruhig. Richtig voll ist es jetzt nur noch, wenn wir Sportübertragungen im Fernsehen haben und ab Dezember, wenn es auf die Feiertage zugeht.«

Auch seine Schwester schüttelte den Kopf.

»Ich werde versuchen, in der *Comisaría* mehr darüber herauszufinden.« Ibara erhob sich und zog sein Portemonnaie aus der Tasche, um den *café* und das Wasser zu bezahlen, aber Pello wehrte empört ab.

Ibara verabschiedete sich. Am liebsten wäre er sofort nach Zarautz gefahren, damit ihm irgendwer erklären könnte, was Arbós dazu gebracht hatte, Señor Txurruka mitzunehmen. Es ehrte die beiden Geschwister, dass sie ihren Vater in Schutz nahmen, doch vollkommen grundlos konnte nicht einmal der Comisario General jemanden verhaften. Schließlich hatte die Staatsanwaltschaft die entsprechenden Beschlüsse für Verhaftung und Hausdurchsuchung ausgestellt.

Aber Ibara war noch mit einem Weinkenner verabredet.

9.

Jean Vareilles, der als Kellner und Sommelier im *XoX* gearbeitet hatte, empfing ihn in einer kleinen, sehr aufgeräumten Wohnung. Ibara war überrascht, denn einen so gut aussehenden und gepflegten Mann hatte er nicht erwartet. Sein Lächeln war einnehmend, seine Gestik wohlkalkuliert, und Ibara fühlte sich sofort wohl und willkommen, als er sich an den Küchentisch setzte und ein Glas Cola annahm. Jean Vareilles war ein Naturtalent, wenn es darum ging, Gastlichkeit zu verbreiten.

»Sie kommen wegen Paola. Schreckliche Geschichte.« Mit diesen Worten nahm Jean Vareilles ihm gegenüber Platz.

»Richtig. Ich wollte mich noch einmal mit Ihnen über die Kolleginnen und Kollegen im Restaurant unterhalten. Ob Ihnen da etwas im Gedächtnis geblieben ist, ein auffälliges Verhalten, Streitereien, alles, was Ihnen einfällt.« Ibara versuchte bewusst, sich sein Gegenüber zum Verbündeten zu machen. Die gesamte Belegschaft war mehr oder weniger gleich verdächtig oder auch unverdächtig.

»Keine Ahnung, was Sie sich da vorstellen. Raul und Paola waren ein perfekt aufeinander eingespieltes Paar. Paola hat das Team bis zum Äußersten getrieben, und bei Raul konntest du dich dann im schlimmsten Fall mal ausheulen. Mit der Zeit haben die beiden das systematisch genutzt, wissen Sie, so nach dem Motto *Guter Bulle, böser Bulle*.« Er unterbrach sich. »Bitte verzeihen Sie, das war nicht persönlich gemeint.«

»Ich schaue mir auch Krimiserien an, ich weiß schon, was Sie meinen.«

Jean Vareilles lachte erleichtert. »Na, jedenfalls ist ein Restaurant auf Topniveau immer ein Knochenjob. Da wird sich angebrüllt, und wenn die Beilage fehlt oder der Wein nicht ordentlich kalt ist, fliegen die Fetzen. Aber das wissen auch alle, und wer damit nicht klarkommt, bleibt nicht lange. Ich kannte Raul sechs Jahre und Paola vier, bevor sie das Restaurant eröffnet haben. Ich wusste, was mich erwartet.«

»Waren die beiden auch damals Ihre Chefs?«

»Paola hatte ein Jahr lang die Leitung eines Restaurants übernommen, weil der Inhaber krank geworden war. Das hat sie fertiggemacht, da sie das Kochen den Kollegen überlassen musste. Sie war mehr mit anderem beschäftigt, Bestellungen, Service, alles, was dazugehört. Aber vermutlich hätte sie sich das betriebswirtschaftliche Wissen andernfalls gar nicht angeeignet. Da war sie auch meine Chefin, ja.«

»Hat sie umgekehrt auch von Ihnen gelernt?«

»Wie meinen Sie das?«

»Na ja, ich habe ja keine Ahnung, ich dachte nur, dass eine Köchin nicht zwangsläufig über die Bedienung der Gäste Bescheid weiß.«

»Ich verstehe nicht, worauf diese Frage abzielt, aber ja. Gerade zu Beginn dieser Zeit hat sie mich um Rat gefragt, bis sie ausreichend Erfahrung hatte.« Jean Vareilles wirkte etwas ratlos.

Ibara konnte es ihm nicht verdenken. Falls das Verhältnis zwischen dem Oberkellner und dem Mordopfer ein Motiv hergab, war es noch nicht sehr stichhaltig.

»Raul erwähnte, dass ein Rezeptbuch fehlen würde«, wechselte Ibara das Thema.

»Ach ja, die Rezepte von Oma oder Tantchen.« Jean Vareilles lächelte versonnen. »Keine Ahnung, wo Paola die aufgetrieben hat, in Nizza hatte sie die jedenfalls noch nicht. Wenn Sie mich fragen, war das alles ein gewaltiger Scherz, mindestens ziemlich aufgebauscht. Paola brauchte keine Rezepte. Das war reines Marketing.«

»Haben Sie mit Gästen über diese Rezepte gesprochen?«

»Natürlich, es wurde ständig danach gefragt. Aber wie gesagt, es gab nur dieses geheimnisvolle Buch – ob und wie viele Informationen Paola daraus wirklich genutzt hat, werden wir jetzt wohl nie erfahren. Haben Sie zufällig im Restaurant dieses andere Buch gesehen? Ich meine diesen Hochglanzwälzer, der aufgeschlagen zwischen den Lebensmitteln auf dem Brunnen liegt, damit die Gäste darin herumblättern können.«

»Ja, es war auf einer Seite aufgeschlagen, auf der ein Bild von Paola und Raul zu sehen war. Daneben stand ein Rezept für eine Salsa.« Er stockte kurz. »Wenn Sie mich fragen, gar kein besonderes Rezept.«

»Genau.« Jean Vareilles lachte freundlich. »Aber bei solchen Büchern geht es gar nicht darum, dass die Rezepte besonders ausgefallen oder raffiniert sind. Es geht um das große Ganze. Dieses Buch ist erst vor ein paar Tagen erschienen, die Vereinigung *Les Mutins* hat es herausgegeben. Es ist, wenn Sie so wollen, ein einziges großes Werbeverzeichnis für die großen Köchinnen und Köche Europas – und die, die es werden wollen. Paola und Raul sind offiziell erst Mitglieder, seitdem sie ihr eigenes Restaurant eröffnet haben, aber die Kontakte gab es vorher schon, die kennen den Großteil der Leute in diesem Buch persönlich.« Er räusperte sich kurz. »Worauf ich hinauswill: Der Verlag war mit den beiden in Verhandlungen über ein eigenes Buch. *Les Mutins* hätte das vermittelt und unterstützt, und die Rezepte wären teilweise exklusiv kreiert worden. So was verkauft sich heutzutage wie von selbst. Also frage ich Sie: Was sollte Paola da mit einer alten Kladde von anno Tobak?«

»Sie meinen, sie konnte damit im Grunde überhaupt nichts anfangen?«

»Ja, genau. Paolas Blick war immer nach vorne gerichtet. Diese Kladde hatte für sie allenfalls nostalgischen Wert. Was ich persönlich nicht glaube – sie tat nur so, eben weil es eine hübsche Geschichte fürs Marketing war.«

Ibara nickte, auch wenn sich ihm das ganze Thema nicht recht erschloss. Er aß gern, trank auch oft ein Glas Wein zu seiner Mahlzeit, aber er interessierte sich weder für Kochsendungen im Fernsehen, noch würde er ein Kochbuch kaufen, nur weil ein berühmter Koch es geschrieben hatte. Aber da war er vermutlich die Ausnahme. Isobel jedenfalls schwor auf Jamie Oliver und besaß mehrere Werke des britischen Fernsehkochs.

Ibara stellte noch ein paar Fragen zu weiteren Personen, die im *XoX* gearbeitet hatten, erfuhr jedoch nichts Neues. Auch hier galt, falls es einen Zusammenhang zu dem Mord an der Inhaberin gab, erkannte er ihn nicht.

»Was werden Sie jetzt tun?«, fragte er Jean Vareilles zum Abschied.

»Ich weiß es noch nicht. Sie sehen es ja an meiner Wohnung, ich bin erst vor zwei Monaten eingezogen und habe noch gar nicht alle Kartons ausgepackt. Bei mir sieht es nicht immer so spartanisch aus. Ich warte erst einmal ab, was Raul macht. Falls er das *XoX* weiter betreiben möchte, kann er auf mich zählen. Ich gehe aber nicht davon aus, dass er es tut. Daher habe ich mich schon bei meinem früheren Chef in Nizza gemeldet. Vielleicht gehe ich zurück, mal sehen.« Er lächelte. »Oder ich wage noch einmal das große Abenteuer und gehe nach Kapstadt oder Abu Dhabi. Gutes Personal mit meinen Qualifikationen findet da immer eine gute Adresse.«

»Ich wünsche Ihnen alles Gute!«

»Vielen Dank. Ich hoffe wirklich, dass Sie Paolas Mörder finden!«

10.

Es war verdächtig ruhig in der *Comisaría*, als Ibara dort eintraf. Alba Olea saß mit Kopfhörern hinter dem Empfangstresen und tippte konzentriert, den Blick auf den Monitor gerichtet.

Ibara trat heran. »*Kaixo*, Alba. Niemand hier?«

Olea tippte noch wenige Sekunden weiter, nahm dann die Kopfhörer ab und schaute auf. »Wegen der Verhaftung? Arbós hat das Verhör soeben beendet. Sie sind auf dem Weg ins Gefängnis.«

Ibara hatte bereits vermutet, dass der Comisario nicht anwesend war, denn sein monströser Mercedes GLE parkte nicht vor der Tür. Arbós hätte das Auto eher auf dem Bürgersteig abgestellt, als auch nur einen Meter mehr als nötig zu laufen.

»Dann wird Txurruka also ernsthaft verdächtigt?«

»Sieht ganz so aus.«

»Hat er denn einen Anwalt bekommen?«

»Natürlich, der ist schon eingetroffen und begleitet ihn.« Sie hielt inne, dann grinste sie. »Ich gönne es Humpty Dumpty ja auch nicht, aber das alles wirkt stichhaltig. Ich tippe gerade für den Chef einen internen Bericht, dazu habe ich einiges mitbekommen. Txurruka hat offensichtlich zugegeben, dass er einige Rezepte verwendet, die auch Paola Ortiz besessen haben soll. Er behauptet, er habe sie vor vielen Jahren mit der Vorbesitzerin des Hauses, in dem heute das *XoX* ist, getauscht. Du erinnerst dich vermutlich nicht daran, denn das ist einige Jahre her. Aber bevor Paola das Haus gekauft und das Restaurant wiedereröffnet hat, gehörte es Maria Izguierre, und die führte dort eine der besten *pintxos*-Bars weit und breit. Nach dem Tod ihres Mannes hat sie sich zur Ruhe gesetzt und ist in ein Seniorenheim gezogen. Vor ungefähr einem Jahr ist sie gestorben, und ihre Erben haben dann das Haus verkauft.«

»Verstehe.« Ibara lehnte sich gegen den Tresen. Er fühlte sich plötzlich müde und ratlos. War es wirklich möglich, dass Pello Txurrukas Vater etwas mit dem Tod von Paola Ortiz zu tun hatte? Zumindest gab es eine Verbindung zwischen den beiden.

Er wandte sich an Olea. »Was hat die Ermittler denn auf die Spur zu Txurruka gebracht?«

»Heute Morgen ist ein anonymer Anruf eingegangen. Eine männliche Stimme hat Oscar Txurruka beschuldigt, Paola Ortiz umgebracht zu haben. Mehr nicht. Aber Arbós hat recherchieren lassen, und anscheinend gab es zumindest einen hinreichenden Tatverdacht, sodass er ihn einige Stunden später verhaftet hat.« Sie blickte auf die Uhr an der Wand zu ihrer Rechten.

»Hast du den Anruf entgegengenommen?«

»Ja. Natürlich sind sie dabei, ihn zurückzuverfolgen. Er stammt von einem Smartphone, das zum Zeitpunkt des

Anrufes in einer Funkzelle in Getaria angemeldet war. Arbós' Team schien ganz zuversichtlich, dass sie den Besitzer ermitteln können.«

Ibara lächelte säuerlich. »Bei dem sich dann mit sehr großer Wahrscheinlichkeit herausstellen wird, dass er das Telefon kurz zuvor verloren hat oder es gestohlen wurde.«

»Natürlich.«

»Und was passiert jetzt?«

Olea lächelte traurig. »Txurruka wird morgen früh dem Haftrichter vorgeführt. Für mittags wird eine Pressekonferenz vorbereitet. Wenn ich ehrlich bin, tut mir der Mann leid. Falls er die Ortiz wirklich abgestochen hat, kann ich mir nicht vorstellen, dass es mit Absicht gewesen war.«

»Wieso das?«

»Er wirkt auf mich nicht so berechnend, nicht so … gierig. Soweit ich weiß, läuft seine *taberna* gut, meine Eltern und ihre Bekannten gehen dort oft hin. Ich wüsste nicht, wozu er da noch ein altes Rezeptbuch von irgendjemandem brauchen sollte.«

Nachdenklich nickte Ibara. »So etwas Ähnliches habe ich auch schon gedacht. Ich hatte Pello Txurruka und seinen Vater während der Ermittlung vor ein paar Monaten kennengelernt. Da experimentierte er gerade mit kleinen Crêpes und Galettes in *pintxos*-Form und sprach davon, es mit niederländischen *Poffertjes* zu probieren. Er holte sich seine Inspiration in Gesprächen mit den ausländischen Gästen seiner *taberna*, gerade diese Experimente, europäische Spezialitäten zu vermischen, reizten ihn.« Er drückte sich vom Tresen ab und hob mit einer ratlosen Geste die Hand. »Was natürlich trotzdem nicht ausschließt, dass er bei Paola Ortiz war. Sie könnten sich gestritten haben, und die Sache ist eskaliert.«

»Du hast völlig recht. Wir wissen ja noch nicht einmal, ob es wirklich um das Rezeptbuch ging. Am Ende hatte der Täter gesehen, dass er darauf Fingerabdrücke hinterlassen hat, und wollte es beseitigen.«

Ibara brummte unzufrieden. Auch das war eine Möglichkeit, die sie jedoch in keine Richtung weiterbrachte, denn sie sprach weder für noch gegen Txurruka.

Er schloss seinen Anorak und vergrub die Hände in den Taschen. »Kann ich noch etwas für dich tun? Sonst mache ich für heute Feierabend.«

»Nein, mein Mann holt mich in einer Viertelstunde ab. Der Chef ist noch da, wollte aber auch gleich gehen. Hier gibt es nichts mehr zu tun.«

Ibara winkte einen Gruß zum Abschied und trat hinaus in den frühen Abend. Kurz meinte er, die Dämmerung wäre schon eingebrochen, doch es waren nur tief hängende Regenwolken und ein garstiger Wind, die diesen Eindruck hervorriefen. Genau wie am Abend zuvor hatte das Wetter sich offensichtlich entschieden, nach den letzten sonnigen Tagen endgültig den Herbst einzuleiten. Fröstelnd zog Ibara die Schultern hoch und machte, dass er zu seinem Auto kam. Mit jedem Kilometer, den er aus Zarautz hinaus und über die Landstraße fuhr, schien der Wind stärker zu werden. Kurz bevor er zu Hause ankam und in die Hofeinfahrt einbog, musste Ibara das Lenkrad mit beiden Händen festhalten, damit der Seat nicht zu einer Seite ausbrach. Dennoch konnte er den ein oder anderen Schlenker nicht vermeiden. Dazu knackten die Seitenscheiben unheilvoll.

Er parkte neben der Scheune und stellte den Motor ab. Der Sturm dröhnte und schickte schwere Böen zwischen den Gebäuden hindurch. Wolken rasten über den immer dunkler werdenden Himmel in allen Schattierungen von Dunkelgrau bis Tiefschwarz. Ibara lehnte sich über das Lenkrad und verfolgte ihre Jagd, wie sie sich in Schichten übereinanderschoben oder zu Spiralen auftürmten. Dazwischen trieben graue Regenschleier. Er mochte diese Demonstration von Macht und Naturgewalt. Dann stellte er sich vor, wie sich die Berge und Küsten vor zig Jahrtausenden zu dem geformt hatten, was sie heute waren. Denn mehr war es auch damals nicht gewesen, Wasser, Eis und Wind, die auf die Erde und das Feuer der Vulkane trafen. Wie hatte der Mensch es nur geschafft, dies alles in nur wenigen Jahrzehnten zu zerstören? Es war ihm unbegreiflich, aber die Tatsachen sprachen leider eine eindeutige Sprache. Die Stürme wurden häufiger und stärker, auf dem Atlantik veränderten sich Strömungen und Fischbestände.

Dicke Regentropfen beendeten seine tiefsinnigen Betrachtungen. Dieses Mal drohte der Himmel nicht nur mit Regen, er machte ernst. Rasch stieg Ibara aus dem Auto, zog die Kapuze auf und lief mit langen Sätzen in Richtung Wohnhaus, das ihn mit warmem Licht aus den Fenstern willkommen hieß. Irgendwo hinter der Scheune schepperte etwas. Ibara hätte die Haustür keine Sekunde später erreichen dürfen – kaum war er eingetreten, brach hinter ihm ein Inferno los.

Die Regentropfen bildeten kleine Krater, als sie auf dem gepflasterten Vorplatz aufschlugen, und der Wind hätte ihm beinahe das Türblatt aus der Hand gerissen. Er schlug die Tür zu und atmete erleichtert auf. Sosehr er solches Wetter mochte, er zog es dennoch vor, dieser Naturgewalt nicht schutzlos ausgesetzt zu sein.

»Finia? Iso? Wo seid ihr?« Niemand antwortete ihm, doch er glaubte, durch das Tosen des Sturms Musik zu hören. Seine Tochter war vermutlich in ihrem Zimmer.

In der Küche roch es verführerisch. Er entdeckte den Grund im Ofen: Gemüsetortillas, die Finia für das Abendessen warm gestellt hatte. Normalerweise warteten die beiden nicht auf ihn, doch der Menge nach hatten sie heute noch nicht gegessen. In einer Plastikschüssel, die mit einem Handtuch abgedeckt war, ruhten außerdem die Reste von Isobels Experimenten mit britischem Sirup-Pudding. Mit spitzen Fingern brach Ibara ein Stückchen ab und kostete, wobei er einige Mühe hatte, sich nicht verstohlen wie ein Lausbube umzublicken. Finia schätzte so etwas gar nicht, da war es ganz egal, dass er die vierzig längst überschritten hatte.

Der Pudding war gar nicht mal so schlecht, sehr süß, aber Ibara mochte so etwas. Nach den Jahren, die er in seiner Jugend mit seinen Eltern in Brüssel gelebt hatte, war er abgehärtet. Kaum etwas war süßer als belgische Naschereien – gut, vielleicht die niederländischen.

Als sich immer noch nichts rührte, ging er hinauf in den ersten Stock und klopfte bei seiner Tochter an die Tür.

»Ja?«

»Ich bin's!«

»Komm rein.« Sie saß im Schneidersitz auf dem zerwühlten Bett, den Laptop auf den Knien, Whoopy neben sich, lang ausgestreckt und zufrieden schnarchend. Die Nachttischlampe und eine Lichterkette über dem Schreibtisch verströmten weiches Licht.

Isobel grinste ihn verlegen an, nachdem er einen Haufen Kleidung von einem Korbsessel geräumt und sich gesetzt hatte. »Ich habe mich gerade etwas erschreckt, aber da Whoopy nicht reagiert hatte, konntest es eigentlich nur du sein.«

»Sie ist nicht die aufmerksamste Wachhündin.« Wie zur Bestätigung öffnete die Hündin die Augen und gähnte ausgiebig. Dann blickte sie zu Ibara, wedelte mit dem Schwanz und robbte bis an den Rand des Bettes. Da er keine Anstalten machte, zu ihr zu kommen, ließ sie den Kopf über den Rand hängen und schnaufte. Dann überlegte sie es sich anders, hüpfte hinunter und lief auf ihn zu, um ihn zu begrüßen. Er beugte sich zu ihr und kraulte sie hinter den Ohren.

»Die Musik, ist das eine von meinen CDs?«

»Ja.« Isobel hielt die Hülle hoch.

Ibara verzog das Gesicht, als habe er Zahnschmerzen. »*Thunder and Consolation* von New Model Army. Das erinnert mich unangenehm daran, wie alt ich inzwischen bin.«

»Ich finde die Musik ganz interessant, zumindest mal was anderes. Hast du die mal live gesehen?«

Ibara lächelte versonnen bei der Erinnerung. »Oh ja, oft. Die sind auf unzähligen Festivals getourt, Wim und ich haben die mehrfach in Belgien und Deutschland gesehen. In dem Jahr, in dem wir mit der Schule fertig waren, sind wir denen sogar eine Zeit lang nachgereist. Da gab es eine ganze Community, mit der Zeit kannten sich alle.« Es war diese großartige Phase gewesen, die sich nicht nur nach Freiheit und Abenteuer anhörte, sondern es auch wirklich gewesen war. Sie waren jung und konnten tun und lassen, was sie wollten. Plötzlich wurde ihm schmerzhaft bewusst, dass er seiner Tochter solche Erlebnisse gönnen würde und sein Vaterherz sich zugleich vor Sorge zusammenzog. In der Gruppe waren damals nur wenige Mädchen gewesen. Auf den Konzerten und bei der ein oder anderen Reiseetappe konnten sie sich auf den Schutz der Gemeinschaft verlassen. Aber er erinnerte sich gut daran, dass bei der ein oder anderen immer eine gewisse Unsicherheit mitgereist war, wenn sie allein unterwegs gewesen waren. Auf so mancher nächtlichen Zugfahrt hatten sie Angst, hatte eine von ihnen Ibara mal erzählt. Das war etwas, worum er oder Wim sich nie hatten Gedanken machen müssen.

Vielleicht sollte er das Judotraining mit Isobel wieder aufnehmen, schaden konnte es nicht. Er hatte sie trainiert, bis sie zwölf oder dreizehn geworden war, danach hatten sie einfach aufgehört, warum, hatte er vergessen. Es würde ihn jedenfalls etwas ruhiger schlafen lassen, falls sie wirklich den Drang hatte, sich Europa anzusehen. Ob allein, mit Lukas oder einer Freundin, war dabei unerheblich. Denn trotz aller Sorge würde Ibara sie niemals davon abhalten. Spätestens in ein paar Jahren, sobald sie volljährig wurde, konnte er nur darauf hoffen, dass sie trotz aller Abenteuerlust vernünftig und vorsichtig blieb.

Er bemerkte, dass Isobel die CD-Hülle zwischen den Fingern drehte, und schaute sie fragend an. Inzwischen hüpfte Whoopy zurück aufs Bett, drehte sich zweimal im Kreis und legte sich dann hin, den Kopf an Isobels Oberschenkel gekuschelt.

»Hat Mama diese Musik auch gehört?« Beiläufig streichelte sie die Hündin.

Ibara zögerte verwundert. Sie fragte so gut wie nie nach ihrer Mutter. Als kleines Mädchen hatte sie es einige Male versucht, doch darauf hatte Finia oft so wütend und harsch reagiert, dass Isobel sich irgendwann nicht mehr traute.

»Nein. Sie fand sie schrecklich martialisch. Sie war ein Riesenfan von Take That.«

»Kenn ich nicht.«

Ibara knirschte mit den Zähnen. Himmel, er wurde ja wirklich alt.

»Robbie Williams sagt dir aber noch etwas, oder? Der war Mitglied.«

»Glaub schon.«

Ibara erhob sich aus dem Korbstuhl und klopfte mit den Händen auf die Oberschenkel. »Was hältst du eigentlich von Abendessen? Wo ist denn Finia?«

»Beim Nachbarn. Sie hatte sich fest vorgenommen, vor dem Unwetter zurück zu sein, aber hat vorhin geschrieben, dass sie dort abwartet, bis es aufhört zu regnen. Wir sollen schon ohne sie anfangen, die Tortillas stehen im Backofen.«

»Habe ich gesehen.«

»Und?« Isobel klappte den Laptop zu und legte ihn zur Seite. »Habt ihr den Mörder?«

»Könnte sein. Heute Nachmittag ist jemand verhaftet worden.«

»War er es?«

»Das wird sich zeigen.«

Isobel runzelte verwirrt die Stirn. »Heißt das, du bist dir nicht sicher?«

»Ich weiß es nicht. Ich kenne den Mann ja gar nicht, ich bin ihm nur einmal begegnet.« Während der gesamten Fahrt hatte er sich vor allem auf die tückischen Straßenverhältnisse konzentriert, doch im Hinterkopf rumorten beständig Gedanken über Oscar Txurruka und sein Motiv. Natürlich war es möglich, dass alles so einfach war: Er hatte die Rezepte haben wollen und sich mit Gewalt verschafft. Vielleicht ging es sogar nicht einmal um die Rezepte, sondern es war, wie manche mutmaßten, Neid auf den Erfolg des *XoX*, die Beseitigung möglicher Konkurrenz. Pello Txurruka hatte die *pintxos*-Kreationen seines Vaters damals als westeuropäische *»fusion kitchen«* bezeichnet. Es mochte einige Restaurants und Bars geben, in denen Gäste gut essen konnten, aber sowohl das *XoX* als auch die Txurrukas hatten ein Alleinstellungsmerkmal, mit denen sie sich vom übrigen Angebot abhoben.

Isobel setzte an, etwas zu sagen, wurde jedoch von einem Donnern unterbrochen, das die Fensterscheiben erzittern ließ. »Wow! Da möchte ich jetzt nicht draußen sein. Mal sehen, wann Amama zurückkommt.« Isobel langte hinter sich und wühlte aus den Tiefen ihrer Bettdecke ein Sweatshirt hervor, das sie überstreifte. Dann hopsten sie und Whoopy gleichzeitig vom Bett.

Bei ihrer Bemerkung fiel Ibara ein, dass Raul Fornier sich gestern auf seine persönliche Pilgertour aufgemacht hatte. War er im Trockenen oder wanderte er gerade klatschnass an der Küste entlang? Der September war eigentlich ein guter Monat, um zu pilgern, die Sommerferien waren vorbei und die Temperaturen nicht mehr so hoch, allerdings gab es ein höheres Risiko für schlechtes Wetter. Sollte er Fornier eine Nachricht schreiben und sich nach ihm erkundigen? Immer noch schämte Ibara sich, dass sich niemand um den Lebensgefährten der Toten gekümmert hatte, obwohl er nicht einmal etwas dafür konnte. Das war weder seine Aufgabe, noch war er, von den üblichen Kommunikationslehrgängen während seiner Ausbildung abgesehen, geschult im Umgang mit Hinterbliebenen. Während er seiner Tochter die Treppe hinunter in die Küche folgte, entschied er sich, nach dem Essen eine kurze, sachliche Nachricht zu schicken, mit der er noch einmal anbieten wollte, zur Verfügung zu stehen, falls es Bedarf gäbe. Das war unverbindlich genug und gab Fornier hoffentlich das Gefühl, nicht ganz allein im Regen zu stehen – wenigstens nicht im übertragenen Sinne des Wortes.

MONTAG, 15. SEPTEMBER

11.

»Ich will hier weg«, zischte Zamorra genervt hinter vorgehaltener Hand.

Ibara brummte zustimmend. Die sonst so ruhige *Comisaría* glich einem Hexenkessel, und es schien, als gäbe es keine ruhige Ecke mehr.

Sie standen beide nach der großen Teamsitzung am Montagmorgen in einer Ecke des Konferenzraumes und kamen sich vor wie zwei vergessene Schulkinder, während der Lehrer – Arbós – sich vor der Beamerleinwand aufgebaut hatte und Aufgaben verteilte. Der kleine Konferenzraum, der normalerweise zehn bis zwölf Plätze hatte, war während der Besprechung mit mindestens der doppelten Menge an Personen gefüllt gewesen, und noch immer hielten sich einige hier auf, standen in kleinen Gruppen zusammen und sprachen miteinander oder warteten wie Ibara und Zamorra darauf, dass Arbós ihnen die Gunst erwies, ihnen eine Aufgabe zuzuteilen.

Nach wie vor war es Ibara ein Rätsel, wie Arbós es schaffte, die Personalabteilung davon zu überzeugen, so viele Leute zu bekommen. Sicher, eine Mordermittlung hatte Priorität vor vielen anderen Delikten, aber das war schon bemerkenswert. Flüchtig erinnerte Ibara sich daran, dass die

Rechtsmedizinerin Doctora Cortez ihm erklärt hatte, Arbós wäre kein guter Ermittler, hätte aber ein gutes Händchen dafür, sich das richtige Team zusammenzustellen. Offenbar galt das nicht nur für die Qualität, sondern auch für Quantität.

Ein ebenso großes Rätsel war, was es alles noch zu tun gab. Die Besprechung war doch eher ein Monolog gewesen, in dem Arbós weitschweifig seine eigenen Fähigkeiten und den schnellen Ermittlungserfolg gelobt hatte. Oscar Txurruka befand sich nach wie vor in Untersuchungshaft. Bei seinen Vernehmungen hatte er sich in einige Widersprüche bezüglich seiner Bekanntschaft zu Paola Ortiz verwickelt. Offenbar waren die beiden sich wesentlich häufiger begegnet, als er zunächst behauptet hatte, dabei habe es sich jedoch ausschließlich um oberflächliche geschäftliche Kontakte gehandelt. Außerdem hatte er kein Alibi für die Tatzeit. Am Wochenende hatte Ibara noch einmal die Familie besucht. Die Geschwister ließen die *taberna* geschlossen, waren niedergeschlagen und ratlos, ihre Mutter hatte seit dem Samstagmorgen ihr Bett nicht mehr verlassen. Sie sprach nicht und reagierte auf niemanden. Ibara hatte nichts tun können.

»Ibara! Herkommen!«, bellte Arbós in seine Richtung. Als er sich in Bewegung setzte, folgte ein: »Die Kollegin auch!«

»Bin ich jetzt nicht einmal würdig, mit meinem Namen angesprochen zu werden?«, raunte Zamorra empört.

»Ich glaube, er hat es nicht so mit Frauen. Ach, eigentlich hat er es nicht mit Menschen.«

Zamorra knurrte leise.

»Sie beide müssen noch einmal ein Protokoll überprüfen.« Ohne sie eines Blickes zu würdigen, klatschte Arbós ein Formblatt vor sich auf den Tisch, das mit einer fahrigen Handschrift ausgefüllt war. Ibara wollte danach greifen, doch Arbós drückte seinen Zeigefinger darauf. »Reine Formalie. Lesen Sie sich das durch. Hier.« Er pappte ein gelbes Post-it auf das Papier. »Sind meine Anmerkungen zu den offenen Punkten.«

»Um was geht es denn?«, fragte Zamorra so zurückhaltend wie möglich.

»Wenn Sie nicht selbst lesen können, muss es Ihnen der Kollege vorlesen. Raus jetzt. Wir haben noch anderes zu tun.«

Zamorra klappte empört den Mund auf, doch Ibara griff rasch nach dem Zettel und packte sie am Arm, um sie mit sich zu ziehen. »Denk immer daran, wie sich Josh in so einer Situation verhalten würde. Dann hast du eine gute Chance, Humpty Dumptys Verhalten vorauszuahnen«, raunte er ihr zu.

»Wie bitte? Josh ist vier!«

»Eben. Komm, lass uns erst einmal von hier verschwinden.« Sie gingen den Flur entlang und die Treppe hinab. Sogar im Empfangsraum stand ein halbes Dutzend Personen herum, von denen niemand genau wusste, wer sie waren oder was sie hier machten. Immerhin konnten sie sich neben Olea hinter den Empfangstresen setzen. Damit waren sie zwar nicht ungestört, hatten aber wenigstens eine symbolische Grenze, die besagte, dass sie hierher gehörten – und Arbós' Tross nicht.

»Dann lies mal vor, Comisario«, meinte Zamorra süffisant. Sie ließ sich mit verschränkten Armen auf den Drehstuhl fallen, während Ibara sich auf die Kante des Schreibtischs setzte und das Protokoll überflog.

»Das ist die Aussage einer Frau namens Nora García de Galdeano. Sie ist die Tochter eines Fischhändlers aus Getaria.« Er riss überrascht die Augen auf. »Sie behauptet, eine Affäre mit Raul Fornier gehabt zu haben! Direkt nachdem er und Paola Ortiz hergezogen sind. Hier, lies selbst.« Er gab ihr den Bogen und hielt das Post-it in die Höhe. Vergeblich versuchte er, Arbós' krakelige Handschrift zu entziffern.

Kopfschüttelnd überflog Zamorra die Zeilen. »Also Eifersucht? Glaubt er jetzt doch, Fornier habe seine Freundin aus dem Weg räumen wollen? Wollte er sich trennen, und die beiden sind in Streit geraten? Warum jetzt, wenn das alles ein halbes Jahr her ist, was hat das mit Txurruka zu tun?«

»Arbós meinte ja, das wäre nur eine Formalie. Ich gehe weiterhin davon aus, dass er Txurruka für den Täter hält.«

»Das ergibt doch alles gar keinen Sinn! Und warum fällt Arbós das nicht auf?« Zamorra tippte auf das Papier. »Dieses Protokoll hier ist von Donnerstagmorgen. Was steht auf dem Post-it?«

»Sag du es mir, wenn du es entziffern kannst.«

»Wenn er nicht schreiben kann, nützt die beste Lesekompetenz nichts«, erklärte sie sarkastisch.

Ibara lachte auf.

Sie starrte auf den Zettel und schüttelte schließlich den Kopf. »Keine Chance.«

Sie stand auf und zeigte in Richtung Garderobe, wo ihre Uniformjacke hing. »Ich würde jetzt zu dieser Frau fahren und sie einfach noch einmal befragen, als wäre es das erste Mal. Wenn du bei Arbós nachfragen möchtest, nur zu.«

»Den Teufel werde ich tun. Gehen wir.«

12.

Kurz darauf hielten sie vor einem lang gestreckten Gebäude am Hafen von Getaria.

Zamorra beugte sich mit einem skeptischen Blick nach vorne und spähte durch die Windschutzscheibe. »Meinst du, wir sind hier richtig?«

»Das ist die Adresse, die auf dem Protokoll angegeben wurde. Ich parke da drüben, dann schauen wir einfach, ob wir jemanden finden, den wir fragen können.«

Es war trocken, aber windig. Wie auf Kommando zogen sie beim Aussteigen beide die Schultern hoch und stellten ihre Kragen auf, bevor sie über den Platz zwischen dem Hafenbecken und den Lagergebäuden gingen. Laub, Papierfetzen und anderer Müll trieb in kleinen bunten Strudeln über den Asphalt oder sammelte sich in geschützten Ecken. In der Luft ließen sich die Möwen treiben und tauchten nur gelegentlich mit einem spitzen Schrei ins graue Wasser. Die kleinen Fischerboote waren längst entladen und schaukelten fest vertäut an den Piers, um am Abend oder in der Nacht wieder in See zu stechen. Vor dem Haus mit der Adresse, die auf dem Protokoll angegeben war, standen einige Styroporkisten mit Fischabfällen. Ein paar Möwen saßen darüber auf der Dachrinne und beäugten abwechselnd die mögliche Beute und die beiden Menschen. Um die Kisten schmolzen kleine Haufen Eis zu Pfützen, von denen Rinnsale wieder Richtung Meer flossen, wie ein Miniaturwasserkreislauf.

Die Tür zum Gebäude stand halb offen, und aus dem Inneren drangen geschäftige Geräusche. Ibara blickte sich um. Aus der Nähe sahen der Platz und die Lagerhalle nicht ganz so gepflegt aus wie auf den ersten Blick. Die Witterung hatte den Putz angegriffen, der an einigen Stellen abbröckelte, und die Eisentür wies Rostflecken auf, ebenso wie die Gitterstäbe vor den beiden Fenstern.

Ibara drückte die Tür vollständig auf, damit sie beide eintreten konnten. »Ist hier jemand?«

Vor ihnen erstreckten sich weitere Styroporkisten, die sich bis zur Decke stapelten. In der Mitte der hell erleuchteten Halle befanden sich meterlange metallene Arbeitsbänke, die von einer Gestalt in einem weißen Overall und gelben Gummistiefeln mit einem Schlauch abgespritzt wurden. Weiter hinten zog eine zweite Person den Boden mit einem Wasserschieber ab und lenkte das Wasser in einen Gully.

Ibara rief noch ein weiteres Mal, bis die Gestalt mit dem Schlauch ihn hörte. Sie nahm die Kapuze ab, und für einen Moment hielt Ibara verblüfft inne. Es war eine schwarzhaarige Frau, relativ klein und der ermordeten Paola Ortiz, wie er sie von dem Bild in dem Kochbuch in Erinnerung hatte, verblüffend ähnlich.

»Sind Sie Nora García de Galdeano?«

»Wer will das wissen?«, fragte die Frau angriffslustig und bemerkte anscheinend im gleichen Moment Zamorras Uniform. »Ah, das wird auch Zeit.«

Zur Sicherheit entnahm Ibara seinem Portemonnaie den Dienstausweis und hielt ihn hoch. Die Frau nickte und zeigte auf einen Bereich in der Nähe eines Fensters, unter dem eine improvisierte Spüle mit einem Regal und davor ein Tisch standen. Ein halbes Dutzend Stühle verteilte sich darum herum. Während sie dorthin gingen, rollte Nora García den Schlauch auf und rief der anderen Person etwas zu. Dann zog sie die Handschuhe aus und streifte sich die Ärmel des Overalls hoch. Aus der Nähe haftete ihrer Kleidung ein penetranter Fischgeruch an.

»Ich habe nicht viel Zeit, aber dieser Fornier soll bekommen, was er verdient. Was hat das zu bedeuten, dass Sie Oscar Txurruka verhaftet haben?«

Ibara lehnte sich gegen die Spüle und hob irritiert die Augenbrauen.

Zamorra verschränkte die Arme. »Woher kennen Sie den Namen? Der wurde der Presse nicht genannt.«

Nora García winkte verächtlich ab. »Das pfeifen die Spatzen hier schon von den Dächern. Glauben Sie ernsthaft, so etwas könnten Sie in einem Ort wie Getaria geheim halten?«

»Wie Sie richtig bemerkt haben, sind wir wegen Ihrer Aussage vom vergangenen Donnerstag hier«, beeilte sich Ibara abzulenken. Er verspürte kein Verlangen danach, Fragen über das Informationsmanagement der *Policía* mit einer Zeugin zu diskutieren.

Ihr Mund verzog sich zu einem verächtlichen Grinsen. Ibara bemerkte, dass Nora García eigentlich ein hübsches Gesicht hatte, große, ebenmäßige Augen und eine Stupsnase über vollen Lippen. Doch diese Art zu grinsen machte sie schlagartig unsympathisch.

Unwillkürlich machte Ibara sich ein wenig kleiner. Er wusste, dass er manche Zeuginnen und Zeugen – besonders die jungen Kerle – mit seiner Größe und den breiten Schultern mehr einschüchterte, als nötig war. Einige wurden dagegen unnötig aggressiv. Außer beim Umgang mit pubertierenden Halbstarken war das eher kontraproduktiv, wenn es darum ging, eine vertrauensvolle Gesprächsatmosphäre aufzubauen.

»Ja, richtig«, meinte Nora García. »Ich weiß ja nicht, was Sie für Beweise gegen Txurruka haben, aber wenn Sie mich fragen, hat Raul Fornier seine Freundin abgestochen. Und zwar mit voller Absicht.«

Ibara heuchelte Interesse und nickte ihr aufmunternd zu. Er hatte bereits eine Ahnung, worauf dieses Gespräch hinauslief, aber er wollte sich alle Mühe geben, unvoreingenommen zu sein. »Wir haben Ihre Aussage vom Donnerstag gelesen. Aber wenn es Ihnen nichts ausmacht, würden wir beide sehr gern noch einmal die ganze Geschichte hören.«

Nora García schien auf diese Aufforderung nur gewartet zu haben. Sie warf die Handschuhe auf den Tisch und ließ sich auf einen der Stühle plumpsen. Zamorra setzte sich ebenfalls, Ibara blieb stehen, wo er war.

»Eigentlich gibt es nicht sehr viel zu erzählen. Im März, kurz nachdem sie hergezogen waren, kam Raul Fornier zu uns, um über Fischlieferungen für das Restaurant zu verhandeln. Er war mir sympathisch.« Sie betonte das Wort, als meinte sie das Gegenteil von dem, was sie sagte, doch Ibara konnte keine Anzeichen von Ironie entdecken. »Nach einigen Gesprächen haben wir eines Abends eine Liefervereinbarung unterzeichnet. Ich hatte eine Flasche Txakoli kaltgestellt, mit der wir angestoßen haben. Es war ein ungewöhnlich milder Vorfrühlingsabend. Es kam eins zum andern.« Sie grinste. »Sie wissen ja, wie das ist.«

»Nein, weiß ich nicht«, erklärte Zamorra schnippisch. »Was meinen Sie genau?«

Nora García beugte sich aggressiv nach vorne. »Wir hatten guten Sex, was sonst?«

»Richtig, was sonst.« Zamorra nickte, äußerlich völlig unbeeindruckt.

»Und weiter?«, fragte Ibara. Ihm war schleierhaft, was die Frau mit diesem Auftreten bezweckte.

»Was schon? Wir mochten uns, es passte gut zusammen. Wir haben uns in den nächsten zwei Monaten immer wieder getroffen. Was ja nicht schwierig war, denn Raul hat es sich nicht nehmen lassen, die Ware persönlich abzuholen.« Es war nur ein kurzer Fußmarsch vom *XoX* bis zum Hafen. Vermutlich schmolz auf dem kurzen Weg nicht einmal das Kühleis.

»Und was änderte sich nach zwei Monaten?«, wollte Zamorra wissen. Sie hatte ein Notizbuch und einen Stift aus der

Uniformjacke gezogen und schrieb sich ein paar Anmerkungen auf.

»Keine Ahnung. Er wollte auf einmal nichts mehr von mir wissen. Ich vermute ja, dass Paola inzwischen kapiert hatte, warum er jedes Mal so lange brauchte, wenn er Fisch holen ging. Dabei schien es ihm ernster zu sein. Mir wäre es jedenfalls ernster gewesen.«

Ibara wurde aufmerksam. »Inwiefern hat Raul Fornier sich dazu geäußert?«

»Wie meinen Sie das? Ob er gesagt hat, dass es ihm ernster war?«

»Genau.«

»Nein. Er ist kein Typ, der über so was redet.« Sie lächelte verschlagen. »Ich habe ihm den Vorschlag gemacht, mit mir zusammen ein Fischrestaurant zu eröffnen.«

»Und wie fand der die Idee?«

»Er schien sehr interessiert zu sein und darüber nachdenken zu wollen.«

»Aber gesagt hat er das nicht.«

»Nicht direkt.« Sie zuckte mit den Schultern, als wäre das unerheblich.

Zamorra warf Ibara einen verstohlenen Blick zu, aus dem er herauslas, dass sie das Gleiche dachte wie er – nämlich, dass sie hier ihre Zeit verschwendeten.

Sie räusperte sich vernehmlich. »Sie hatten also eine Affäre mit Raul Fornier. Inwiefern hat das mit dem Tod von Paola Ortiz zu tun?«

»Ist das nicht offensichtlich?«

Ibara und Zamorra schwiegen.

»Na, er wollte sie loswerden. Damit er mit mir neu anfangen kann.«

Ibara rieb sich ratlos über die Stirn. »Hätte er das nicht ein wenig … subtiler machen können? Ich meine, eine tote Freundin, all das Blut in der Küche, das fällt doch auf.«

»Das war bestimmt nicht so geplant.« Sie verschränkte die Arme und reckte störrisch das Kinn. Dabei wirkte sie noch aggressiver, als wollte sie sich bei nächster Gelegenheit auf Zamorra stürzen, die das auch bemerkt zu haben schien, denn sie lehnte sich ein wenig zurück. Ibara wusste mit der gesamten Situation wenig anzufangen. Es konnte ja durchaus sein, dass in der Verarbeitungshalle eines Fischhändlers ein rauer Umgangston herrschte, doch Nora García vermittelte gerade den Eindruck, als wollte sie es mit der ganzen Welt aufnehmen.

Er hob beschwichtigend die Hand, als wollte er ein scheuendes Pferd aufhalten. »Noch mal von vorne. Sie hatten vor einem halben Jahr eine Affäre mit Raul Fornier, dem Lebensgefährten des Opfers. Und Sie behaupten, Fornier habe Paola Ortiz jetzt umgebracht, um sie aus dem Weg zu haben, damit er mit Ihnen ein neues Leben anfangen kann?«

»Wie gesagt, ich weiß natürlich nicht, was an dem Abend zwischen den beiden wirklich passiert ist, ich war ja nicht dabei.« Sie lächelte, was Ibara allerdings mehr wie ein Zähnefletschen erschien. »Aber ja, ich glaube, das war Rauls Intention. Und irgendetwas ist da schiefgelaufen. Deshalb hat er den Verdacht auf Txurruka gelenkt und sich jetzt aus dem Staub gemacht.«

»*Er* soll den Verdacht auf Txurruka gelenkt haben?« Zamorra schien noch mehr sagen zu wollen, glücklicherweise fiel ihr im letzten Augenblick ein, dass diese Zeugin besser nicht erfuhr, auf welchem Wege Oscar Txurruka beschuldigt wurde. Theoretisch konnte der anonyme Anruf ja wirklich Fornier gewesen sein. Die Ermittlung hatte noch nichts ergeben, was die Identität dieser Person anbelangte. Das war immerhin ein Aspekt, bei dem Nora Garcías wilde Anschuldigung zumindest nicht gegen die Tatsachen sprach.

»Finden Sie es heraus. Ich habe Ihnen alles gesagt. Raul Fornier ist der Mörder, den Sie suchen. Sie müssen es nur beweisen.«

»Sagen Sie mal ...« Ibara machte eine Pause und richtete sich ganz bewusst auf. »Wo waren Sie denn in der Nacht von Dienstag auf Mittwoch?«

Auf diese Frage schien diese Nora García nur gewartet zu haben. Sie grinste selbstbewusst. »Auf einem Fischkutter. Hochseeangeln. Wir sind eine Gruppe von insgesamt acht Leuten. Wir haben uns erst getroffen, zusammen zu Abend gegessen und ein wenig getrunken, und dann sind wir die halbe Nacht draußen gewesen. Ich kann Ihnen gern alle Namen nennen.«

»Haben Sie viel gefangen?« Zamorras Tonfall zeigte deutlich, dass sie mehr aus Höflichkeit fragte als aus echtem Interesse.

»Darum geht es doch gar nicht. Es macht einfach Spaß.«

»Das ist keine Antwort«, stellte Ibara fest.

Nora García stand auf, als hätte sie genug von dem Gespräch. »Genug Wolfsbarsche und Makrelen, dazu einen

Schwertfisch. Ich weiß jetzt nicht, was das mit dem zu tun haben soll, was Raul getan hat. Sonst noch was?«

»Schreiben Sie uns bitte die Namen und Telefonnummern der Beteiligten auf. Dann war es das erst einmal, danke sehr.« Ibara drückte sich von der Spüle ab und amüsierte sich insgeheim darüber, dass dieses Gespräch offenbar nicht das Ergebnis geliefert hatte, das diese merkwürdige Frau sich erhofft hatte. Zamorra schob ihr das Notizbuch und den Stift über den Tisch. Ihr Gegenüber zog ein Smartphone aus einer Tasche des Overalls und schrieb dann einige Namen auf. Sie verabschiedeten sich und machten, dass sie aus der Halle kamen.

»Was war das denn?«, platzte Zamorra kopfschüttelnd heraus, kaum dass sie wieder im Freien standen.

Ibara vergrub die Hände in die Taschen. »Wenn du mich fragst, ist die Gute sauer, weil sie für Fornier nicht mehr war als eine schnelle Affäre. Die will ihm was anhängen, um sich zu rächen.«

»Für die hätte ich an seiner Stelle Paola Ortiz jedenfalls nicht sitzen gelassen. Ich kannte Paola zwar nicht, aber dieses verkniffene Biest? *Nada!*«

»Kann ich mir auch nicht so recht vorstellen.« Ibara lachte.

»Je nachdem, was sich bei der weiteren Vernehmung von Txurruka ergibt, hat sie sich jedenfalls selbst verdächtig gemacht«, fuhr Zamorra fort. »Wir sollten zur Sicherheit das Alibi dieser Angelgruppe überprüfen.«

»Finde ich auch. Aber erst reden wir mit Arbós. Auf diesem Weg finden wir vielleicht heraus, was seine Absichten waren, als er uns noch einmal zu dieser Zeugin geschickt hat.«

»Einverstanden. Spricht etwas dagegen, dass wir vorher essen?«

»Noch besser. Das Auto steht da drüben gut, laufen wir in die Stadt und suchen uns eine ruhige Ecke in einer *pintxos*-Bar.«

Sie ergatterten einen letzten freien Tisch in einer *taberna* unweit vom Hafen. Es war noch Mittagszeit, die meisten Leute hatten zwar schon gegessen, mussten jedoch noch nicht in ihre Büros und Geschäfte zurückkehren. Ausschließlich Einheimische saßen beieinander und mischten spanische mit für Ibara unverständlichen baskischen Gesprächsfetzen. Während sie auf ihre Bestellung warteten, entschuldigte sich Zamorra und tippte wild einige Nachrichten auf ihrem Smartphone. In der Zwischenzeit beobachtete Ibara müßig, wie ein weißhaariger Mann mit Spitzbart gestenreich mit der Kellnerin über seinen leeren Teller hinweg diskutierte, bis sie beide lachten. Wenn er sich nicht täuschte, war der Mann einer der vier Kartenspieler, die sie vor einigen Tagen beim Essen getroffen und befragt hatten. Jetzt, da er ihn ein zweites Mal beobachtete, überlegte Ibara, ob er ihn nicht sogar schon häufiger gesehen hatte, doch ganz sicher war er sich nicht.

Sie ließen sich Zeit, doch irgendwann konnten sie die unvermeidliche Begegnung mit Arbós nicht noch weiter vor sich herschieben und brachen auf.

13.

Der Comisario empfing sie in dem Raum, der eigentlich ihr Büro war. Sie setzten sich vor ihre eigenen Schreibtische auf die Besucherstühle, während Arbós noch ein Telefongespräch annahm und dafür den Raum verließ.

Ibara faltete die Hände im Schoß, schloss kurz die Augen und atmete still durch, als er das Chaos sah, das der Mann genau wie beim ersten Mal verbreitet hatte. Dazu roch die Luft abgestanden und säuerlich nach Schweiß. Die gesamte Fensterbank war mit Papierbergen gefüllt – wo kam eigentlich dieses ganze Papier her? Ließ Arbós seine E-Mails ausdrucken? Zamorras und sein Schreibtisch, die sich gegenüberstanden, waren mit benutzten Kaffeetassen, Einwickelpapier von Mars- und Snickers-Riegeln und natürlich ebenfalls Papier, Fotos, Schnellheftern und Aktenordnern übersät. Einzig vor Zamorras Bildschirm war ein wenig Platz.

Ibara zeigte darauf. »Wer sitzt da? Doch nicht du, oder?«

»Gott bewahre, solch eine Gnade wird mir nicht zuteil.« Zamorra winkte ab. »Der Platz gehört einem Typen, der nur zur Recherche da ist. Er sucht die Datenbanken, Archive und das Internet ab, sowohl intern als auch extern.«

»Also der Bob Andrews der Truppe.«

»Wer?«

»Die kennst du wirklich nicht? In meiner Jugend gab es eine ziemlich gute Serie, die sich ›Die drei ???‹ nannte. Drei Jungs, die in Kalifornien lebten und Detektiv gespielt haben. Justus Jonas, erster Detektiv, Peter Shaw, zweiter Detektiv, und Bob Andrews, Recherchen und Archiv.«

»Das kommt mir vage bekannt vor. Ich habe von meiner älteren Schwester Bücher geerbt, die hießen *Los tres investigadores* – das könnten die gewesen sein.«

»Gut möglich. Das Original stammt aus den USA, dort wurde die Serie aber in den Neunzigern eingestellt und danach von Deutschen weitergeschrieben. Ich hatte damals alle Hörspielkassetten. Soweit ich weiß, ist das immer noch ein Renner.«

»Kassetten, ach ja. Josh hat letztens eine alte Kiste von mir gefunden und eine Kassette komplett abgespult. Ich hatte kurz überlegt, ob ich sie wieder aufwickeln soll, aber ich hatte auf die Schnelle keinen Bleistift gefunden.«

Ibara lachte überrascht. »Du hast noch Kassetten? Dafür bist du doch viel zu jung!«

»Na komm, ich bin Jahrgang '91. Wir hatten einen Kassettenrekorder und einen Haufen Märchenhörspiele!«

»Was haben Sie herausgefunden?«, bellte es in diesem Moment vom Eingang her. Eine Schweißwolke wehte in den Raum. Zamorra rümpfte die Nase und senkte den Kopf, damit Arbós es nicht sah.

»Die zweite Aussage von Nora García deckt sich mit den Angaben des Kollegen, der das Protokoll letzte Woche aufgenommen hat. Sie beschuldigt Raul Fornier ohne irgendeinen Beweis. Sie glaubt auch, dass er den Hinweis auf Oscar Txurruka gegeben hat, um von sich abzulenken.«

Arbós setzte sich hinter Ibaras Schreibtisch auf den Drehstuhl, der ein gequältes Quietschen von sich gab. »Glauben Sie, dass an der Sache etwas dran ist?«

»Es klingt eher danach, als wollte sie Fornier eins auswischen. Sie hat von einem gemeinsamen Leben mit ihm geträumt. Dabei behauptet sie immerhin nicht, er habe ihr das Blaue vom Himmel versprochen. Im Gegenteil, angeblich hat er sich zu ihren Ideen nicht geäußert, was glaubwürdig klingt.«

Arbós schüttelte den Kopf, zum ersten Mal erlebte Ibara ihn verwirrt. »Er hat ihr also keinerlei Versprechungen gemacht? Etwas in der Richtung: ›Ich verlasse Paola und fange mit dir ein neues Leben an‹?«

Zamorra räusperte sich. »Sie sagte, er hätte auf ihren Vorschlag, ein gemeinsames Restaurant zu eröffnen, interessiert gewirkt. Das war alles.«

»*Interessiert?* Du meine Güte.« Arbós nahm einen Stift und trommelte damit auf die Schreibtischkante. »Mal ehrlich, wenn diese García so niederträchtig ist und Fornier verleumdet, dann sollte sie es doch wenigstens ordentlich machen!« Er knurrte ungehalten.

Eine Weile schwiegen sie.

»Heißt das, Sie glauben nicht an Txurrukas Schuld?«, wagte Ibara endlich zu fragen.

Statt einer Antwort fletschte Arbós die Zähne. »Haben Sie wie angewiesen das Alibi von Nora García überprüft?«

Das also hatte auf dem Zettel gestanden?

Zamorra ließ sich nichts anmerken. »Sie war mit einer ganzen Gruppe in der Tatnacht beim Hochseeangeln. Wir haben die Namen und Telefonnummern der Beteiligten aufgenommen. Insgesamt acht Leute, dazu der Kapitän des Kutters, mit dem sie hinausgefahren sind, und zwei Männer als Besatzung. Bevor wir die alle befragen, wollten wir erst mit Ihnen Rücksprache halten.«

Diese Form der leicht unterwürfigen Diensteifrigkeit schien Wirkung zu haben, denn Arbós nickte zufrieden. »Geben Sie mir die Liste und kommen Sie in einer Stunde in den Besprechungsraum. Das teilen wir auf. Ibara, Sie reden noch einmal mit Fornier und finden heraus, was seine Sicht auf diese Affäre ist.«

»Fornier ist nicht in der Stadt.«

»Wie bitte? Wo ist er?«

»Das letzte Mal, als ich mit ihm gesprochen habe, wollte er sich auf den Jakobsweg Richtung Santiago aufmachen.«

»Wieso das denn?«, fuhr Arbós auf und schlug mit der Faust auf den Tisch. »Seit wann dürfen Verdächtige einfach so durch die Weltgeschichte laufen?«

Ibara blickte ihn verständnislos an. »Soweit ich mich erinnere, war er bisher nicht verdächtig, und Sie haben ihm auch nicht verboten, die Stadt zu verlassen.«

Arbós schnaufte wie ein kurzatmiges Walross. »Sehen Sie zu, dass Sie ihn auftreiben, und zwar sofort! Ich gehe ja nicht davon aus, dass Sie weitsichtig genug sind und sich von ihm die Handynummer haben geben lassen. Wenn Sie das bis heute Abend nicht hinkriegen, geben wir eine Fahndung raus.«

Ibara biss die Zähne zusammen, bis er den Schmerz in seinem Kiefer spürte. Mit so einer Form von »Kritik« konnte er ganz schlecht umgehen. Arbós hatte Fornier höchstpersönlich verhört, er selbst dagegen nur ein formloses Gespräch mit dem Mann geführt – so zumindest seine Sicht. Dazu hatte er ein paar der Verfehlungen dieses Clowns wettgemacht, zum Beispiel, indem er seine eigene Telefonnummer hinterlassen hatte. Raul hatte es selbst gesagt, niemand außer Ibara habe sich um ihn gekümmert. Und das sollte jetzt seine Schuld sein?

»Wird das heute noch was, Ibara? Raus jetzt hier!«

Ibara stand auf, machte auf dem Absatz kehrt und verließ wortlos das Büro. Sein eigenes wohlgemerkt, sein und Zamorras Büro! Besser, dieser Wichtigtuer kam ihm heute nicht mehr unter die Augen, sonst könnte noch ein Unglück passieren.

14.

»Sie sind in den paar Tagen ganz schön weit gekommen«, stellte Ibara erstaunt fest.

Fornier lachte, und es klang ein wenig verlegen. »Ich bin ja nicht offiziell auf Pilgertour, ich wandere einfach die Atlantikküste entlang. Daher habe ich die Gegend um Bilbao großzügig mit dem Zug umrundet. Hier bin ich schon seit gestern, das Naturschutzgebiet ist wunderschön. Vielleicht bleibe ich auch noch länger als eine Nacht.« Er zögerte kurz. »Ich komme zur Ruhe.«

»Das ist gut. Denn um es geradeheraus zu sagen, Comisario Arbós sieht Sie nun als einen Verdächtigen.«

Ibara erhielt keine Antwort, da in diesem Moment eine Kellnerin an ihren Tisch kam, um die Bestellung aufzunehmen. Es war die perfekte Uhrzeit für ein Abendessen.

Hilflos sah Ibara sein Gegenüber an. »Können Sie mir etwas empfehlen?«

Fornier schnaubte belustigt. »Anchovis?«

Ibara verdrehte die Augen und grinste. Sie saßen in einer *taberna* im Zentrum von Santoña, einem Ort ungefähr siebzig Kilometer westlich von Bilbao. Nachdem Ibara Raul Fornier angerufen hatte, war er gut zwei Stunden mit dem

Auto unterwegs gewesen und bis in die Nachbarprovinz Kantabrien gefahren, mit der Ibara hauptsächlich die nach der Hauptstadt benannte Bank Santander verband. Umso überraschter war er von dem kleinen pittoresken Ort, in dem sich alles um die Konserven mit dem kleinen Fisch und das angrenzende Naturschutzgebiet drehte, von dem Raul Fornier mit leuchtenden Augen erzählt hatte.

»Eigentlich meinte ich das ernst.« Fornier wandte sich an die Kellnerin und bestellte für sie beide eine Auswahl an gegrilltem Fisch mit *patatas bravas* und *tortilla.*

»Die *anchoa del cantábrico* sind legendär«, erklärte er anschließend. »Paola und ich waren im Frühsommer hier und haben uns durch die verschiedenen Anbieter verkostet. Dieser Fisch ist der Geschmack der Biskaya: rau, wild und salzig.« Er wandte den Kopf ab, und sein Blick verlor sich.

Ibara entschied sich, nicht sofort auf das Thema zurückzukommen, weswegen er dem Mann nachgefahren war. *Ich komme zur Ruhe*, hatte er gesagt. Und das sollte er, er hatte ein Recht darauf. Nach wie vor gab es nicht den geringsten Hinweis darauf, dass Fornier mit Paola Ortiz' Tod irgendetwas zu tun hatte. Oft genug hatte Ibara von Humpty Dumpty – und, wenn er ehrlich war, auch von Leuten aus dessen Ermittlungsteam – zu hören bekommen, dass ein Bauchgefühl in der Polizeiarbeit nichts zu suchen hatte. Dennoch, anzunehmen, dieser Mann würde seine Lebensgefährtin und Geschäftspartnerin mit einem Messer töten, war vollkommen fernab seiner Vorstellungskraft. Trotz seiner imposanten Größe und den breiten Schultern wirkte er sanft und friedfertig. Und das war es nicht allein: Fornier strahlte diesen unverfälschten Schmerz aus, jemanden verloren zu haben, genau wie Ibara ihn damals empfunden hatte, als Isobels Mutter ihn und ihre Tochter sitzen gelassen hatte. Ja, immer wieder blitzte Unsicherheit durch, als würde er etwas verheimlichen, aber es sah nicht nach dem schlechten Gewissen aus, das Ibara erwarten würde, falls doch ein Streit eskaliert oder Ähnliches passiert wäre.

Wobei natürlich nicht ausgeschlossen war, dass er selbst einfach nur ein mieser Menschenkenner war. Ibara seufzte leise und trank einen Schluck Bier.

Raul wandte sich ihm wieder zu und blickte ihm direkt in die Augen. »Warum werde ich auf einmal verdächtigt?« Damit nahm er Ibara die Entscheidung ab, wann sie auf den Grund ihres Treffens zurückkamen.

»Nora García hat sie beschuldigt. Sie selbst behauptet, ein Alibi zu haben.«

»Nora. Du meine Güte.« Raul verzog das Gesicht. »Ich hätte nicht gedacht, dass sie so kleingeistig ist.«

»Kleingeistig?«

»Ich weiß ja nicht, was sie Ihnen erzählt hat, aber wir hatten ein paarmal was miteinander. Ich habe von Anfang an klargemacht, dass es für mich keine ernste Sache ist. Sie hat sich da in irgendetwas hineingesteigert. Nach einigen Wochen schien sie ernsthaft zu glauben, dass ich Paola wegen ihr verlassen würde. Da habe ich diese Affäre beendet.«

Das passte ziemlich gut zu dem Eindruck, den Ibara gewonnen hatte. »Und Paola? Hat sie davon erfahren?«

Raul sah ihn mit einem schwer zu deutenden Gesichtsausdruck an. Schließlich verzog er die Mundwinkel zu einer Andeutung eines Lächelns. »Sie wusste von Anfang an Bescheid.«

»Wie bitte?«

Fornier seufzte. »Ich wollte es nicht sofort sagen. Es macht die ganze Angelegenheit komplizierter, als sie sein sollte.«

Ibara schwieg höflich.

»Paola und ich hatten eine offene Beziehung. In unserem Fall hieß das, dass wir uns Freiheiten rausgenommen haben. Es war auch nie ein Problem. Wir lassen beide ungern eine Gelegenheit aus, aber wir wussten immer darüber Bescheid.«

Fornier senkte den Kopf und betrachtete das Besteck auf dem Tisch. »Viele Leute machen sich da eine falsche Vorstellung. Es ist ja nicht so, als ob wir beide ständig auf der Suche nach der Möglichkeit für schnellen Sex gewesen wären. Wir waren vielmehr der Meinung, dass es uns beiden passieren kann, dass wir einen schwachen Moment haben. Und dann sage ich ihr das und sie mir, ohne schlechtes Gewissen und tränenreiche Geständnisse. Und trotzdem waren wir beide unerschütterlich in Bezug auf unser gemeinsames Leben, unsere Beziehung. Wir haben beide an uns geglaubt, und wir hatten eine ganz besondere Form von Vertrauen.« Endlich hob er den Kopf. »Verstehen Sie? Nora hat mir nichts bedeutet – und Paola wusste das. Da gab es keine Eifersucht, in diesem Sinne für mich kein Motiv. Und dass Nora etwas damit zu tun hat, damit sie an mich herankommt, kann ich mir beim besten Willen auch nicht vorstellen.« Er ließ die Schultern hängen und sank ein wenig auf seinem Stuhl zusammen.

»Zweimal Fischplatte nach Art des Hauses«, rief die Kellnerin fröhlich, und sofort ging wieder ein Ruck durch Fornier. Beim Anblick der üppig beladenen Teller mit den duftenden Fischstücken, Garnelen und Krebsen lief Ibara unwillkürlich das Wasser im Mund zusammen. Er nahm eine Zitronenspalte und beträufelte seine Portion damit.

Nachdem sie die ersten Bissen schweigend genossen hatten, nahm Ibara den Faden wieder auf. »Sie wollen mir also sagen, dass Sie miteinander vereinbart haben, dass Sie fremdgehen dürfen und sich hinterher alles erzählen?«

»Ich würde es nicht als ›fremdgehen‹ bezeichnen. Aber ja, so ungefähr.«

»Und so etwas funktioniert?«

»Ja, schon.«

»Ich glaube zum zweiten Mal, ein unausgesprochenes *Aber* zu hören.«

»Na ja.« Fornier schälte eine Garnele und putzte sich die fettigen Finger ab.

»Señor Fornier …«

»Können wir es nicht ein wenig formloser angehen? Wir sind beide Sportler, oder? Wenn wir uns beim Joggen begegnet wären, hätten wir uns sofort geduzt.«

»Also … Na gut, warum eigentlich nicht?« Ibara hob sein Glas. »Rafael.«

Raul nickte erfreut und stieß mit einem *»Salud!«* an.

Dann grinste Ibara. »Aber so leicht lasse ich mich nicht ablenken.«

»Schon gut, das wollte ich auch gar nicht. Aber ich flehe dich an: Das, was ich jetzt sage, bleibt unter uns. Bitte! Sonst komme ich in Teufels Küche.«

Ibara hielt inne. »Das kann ich nicht versprechen. Ich bin hier, weil wir den Tod deiner Freundin aufklären wollen. Und wenn es für die Ermittlung wichtig ist, dann muss ich Arbós davon erzählen.« Im letzten Moment konnte er sich »Humpty Dumpty« verkneifen. Er fand Raul einfach rundum sympathisch und fühlte sich auf eine seltsame Weise, die er sich selbst nicht erklären konnte, mit ihm verbunden.

»Nein, hat es nicht, ich schwöre es! Aber es könnte so aussehen, das ist ja das Problem. Paola und ich waren uns absolut einig, wenn es um One-Night-Stands ging. Aber es gab – und gibt – noch eine Frau in meinem Leben, die mir wichtig ist. Sandrine wohnt in Marseille, immer noch in der Gegend, in der ich aufgewachsen bin und in der meine Mutter heute noch lebt. Sie war sozusagen meine Sandkastenliebe, verstehst du, was ich meine?«

»Ihr seid zusammen aufgewachsen und habt gemeinsam die Welt entdeckt.«

»Ja. Sie ist meine Freundin. Aber hin und wieder ist sie ein wenig mehr. Es kommt nicht sehr oft vor. Ich bin ja auch nicht häufig in Marseille, und wir treffen uns nicht einmal jedes Mal, wenn ich da bin. Und wenn wir uns treffen, reden wir meistens nur. Wie gesagt, hin und wieder …« Er machte eine vage Handbewegung. »… landen wir im Bett. Paola weiß das. Besser gesagt wusste das. Ich habe von Anfang kein Geheimnis daraus gemacht. Aber aus einem Grund, den ich nicht erklären kann, ist sie eifersüchtig auf Sandrine gewesen.«

»Ich ahne, wie die Geschichte weitergeht. Du warst an jenem Wochenende in Marseille.«

»Ja. Ich erwähnte ja bereits, dass Paola und ich uns gestritten haben. Sie hatte so unerschöpfliche Kraftreserven, für sie bedeutete ein Ruhetag im Restaurant lediglich, dass keine Gäste zum Bewirten kämen. Von echter Ruhe oder gar Erholung wollte sie nichts wissen. Und als ich sagte, dass ich nach Marseille zu meiner Mutter fahren wollte, hat sie mir unterstellt, dass es mir nur darum ginge, Sandrine zu treffen. Das stimmte nicht, ich hatte schon seit Wochen nichts von ihr gehört und wusste nicht einmal, ob sie in der Stadt sein würde. Aber irgendwann war es mir zu blöd, das abzustreiten, und ich bin abgehauen.« Mit einem Mal schien er satt zu sein. Klirrend legte er das Besteck auf den Teller und schob ihn mit einem Ruck von sich. Dann stützte er die Ellbogen auf den Tisch und vergrub das Gesicht in den Händen. Immer wieder schüttelte er den Kopf.

Das war es also – obwohl Nora Garcías Anschuldigung, Raul Fornier habe Paola Ortiz aus dem Weg räumen wollen, um mit ihr ein neues Leben anzufangen, völlig aus der Luft gegriffen zu sein schien, könnte die Geschichte am Ende doch die gleiche sein: Sandrine statt Nora. Eine Frau zu viel im Leben eines Mannes.

Doch das war nicht alles. Schlagartig begriff Ibara, warum Raul Fornier so verzweifelt war. »Ihr konntet euch nicht mehr aussöhnen.«

Sein Gegenüber nickte nur.

Er ist es nicht. Er hat sie nicht umgebracht. Im Geiste hörte Ibara, wie Arbós ob dieser Erkenntnis in schallendes Gelächter ausbrach. Ganz egal, wie gut oder schlecht dieser Comisario aus Bilbao nun sein mochte, in einem hatte er recht: Nur die Fakten zählten, glaubwürdige Zeugenaussagen, Indizien, besser noch handfeste Beweise. Zunächst hatte Arbós den Lebensgefährten des Opfers auch nicht verdächtigt, aber nicht, weil er ihn für einen netten, harmlosen Kerl hielt, sondern weil er der Meinung war, Paolas Tod schade ihm mehr, als er ihm nutze.

Ibara dagegen glaubte nun mehr denn je an Forniers Unschuld. Er fand dieses Konzept der offenen Beziehung zwar ungewöhnlich, doch seit Raul davon erzählt hatte, wirkte er nicht mehr so, als würde er noch mehr verheimlichen wollen. Es schien dieses Geheimnis mitsamt der Angst, missverstanden zu werden, gewesen zu sein, die unausgesprochen in der Luft gelegen hatten. Falls diese ganze Sache eine Rolle spielte und Eifersucht das Motiv war, ergab es dennoch keinen Sinn, dass Paola Rauls Opfer geworden sein sollte, und nicht umgekehrt. *Sie* hatte eine Nebenbuhlerin gefürchtet. Er hätte sie einfach sitzen lassen und zu seiner Jugendliebe zurückkehren können, falls ihm danach gewesen wäre. Ein zwingender Grund, seine aktuelle Lebensgefährtin umzubringen, ergab sich daraus jedenfalls nicht.

Und wohin führten ihn diese ganzen Mutmaßungen?

»Hör zu, Raul. Ich gebe dir bis morgen Abend Zeit, dann kommst du zurück und machst vor Comisario Arbós eine Aussage. Wenn wir Glück haben, ist der Tathergang bis dahin ermittelt.«

»Und wenn nicht?«

»Weiß ich nicht, ehrlich. Wir können nur hoffen, dass das Team von der Spurensicherung allmählich herausfindet, was sich an dem Abend in eurer Küche abgespielt hat. Bis dahin?« Er zuckte ratlos mit den Schultern.

»Falls ich nicht auftauche, werden die nach mir fahnden, und ich hätte mich erst recht verdächtig gemacht.«

»Dem würde ich keinesfalls widersprechen.« Er hatte auch noch keine Ahnung, wie er Arbós beibringen sollte, dass er Raul nicht direkt mitgenommen hatte. Bis jetzt hatte Ibara ihm nur ausrichten lassen, dass er dessen Aufenthaltsort ermittelt habe und auf dem Weg dorthin sei.

»Also gut. Ich komme morgen Abend zurück, und direkt übermorgen früh gehe ich zur *Comisaría* und mache die Aussage. Bis dahin werde ich noch einmal den Leuchtturm hier besuchen. *Faro del Caballo* heißt er, ein hübscher Ort.«

Ibara hob erneut sein Glas und prostete ihm zu. »Ich wünsche dir, dass du noch mehr zur Ruhe kommst.«

15.

Auf dem Rückweg hatte Ibara über einiges nachzudenken. Er wurde aus Arbós nicht schlau, dessen Ermittlung erschien willkürlich und planlos. Natürlich konnte dieser Eindruck auch dadurch entstanden sein, dass ihm der Blick hinter die Kulissen fehlte, er weder die Ausbildung hatte, noch die üblichen Vorgehensweisen bei einer Mordermittlung kannte. Aber wenn er an den Zustand seines eigenen Schreibtisches dachte, hinter dem sich der Comisario eingenistet hatte, hatte er erhebliche Zweifel daran, dass es sich um ein strukturiertes Vorgehen handelte.

Welche Fakten gab es? Paola Ortiz war in ihrer eigenen Küche erstochen worden. Es waren, das hatte Ibara zwischenzeitlich von der Spurensicherung erfahren, keine Einbruchsspuren zu finden gewesen. Wer auch immer dort mit der Restaurantinhaberin gewesen war, sie hatte diese Person zuvor persönlich eingelassen.

Ihr Lebensgefährte Raul Fornier war zum Zeitpunkt der Tat vermutlich noch unterwegs gewesen, hatte dafür jedoch kein Alibi. Weniger wahrscheinlich war, dass er sich in der Wohnung befand, während Paola getötet wurde. Dann hätte er etwas hören müssen – oder er war doch selbst der Täter. Auszuschließen war das leider noch nicht.

Es gab dieses verschwundene Rezeptbuch. Sollte Raul der Täter sein, wäre es denkbar, dass er dies nur erwähnt hatte, um von sich abzulenken. Falls es wirklich verschwunden, konkreter, von der Person, die Paola getötet hatte, gestohlen worden war, wäre das ein Motiv – wobei Ibara beim besten Willen nicht ermessen konnte, ob solche Rezepte wertvoll waren. Raul hatte erwähnt, dass Paola vieles abgewandelt hatte und die Rezepte ohne sie so gut wie nutzlos waren.

Dann war da Oscar Txurruka. Bisher hatte niemand Ibara erklären können, wie sich der Verdacht gegen ihn begründen ließ. Die Tatsache, dass Arbós sich nun doch auf Fornier als Täter einzuschießen schien, deutete darauf hin, dass die anonyme Beschuldigung und die Widersprüchlichkeiten während der Vernehmungen nicht ausreichten und er über kurz oder lang wieder aus der Untersuchungshaft entlassen werden würde. Txurruka hatte theoretisch ein Motiv, er könnte Interesse an dem Rezeptbuch haben und neidisch auf den Erfolg sein.

Zu blöd nur, dass er dieses Motiv mit Dutzenden anderen Inhaberinnen und Inhabern der Restaurants in Getaria – oder sogar darüber hinaus – teilte. Es war ebenso gut möglich, dass morgen früh ein neuer anonymer Anruf einging, der eine andere Person beschuldigte, weil sich irgendwelche Leute gegenseitig schaden wollten oder weil sich jemand einen üblen Scherz erlaubte.

Ibara entschied sich, am folgenden Tag noch einmal einige Restaurants und *tabernas* in Getaria zu besuchen. Er würde überall eine Kleinigkeit essen oder trinken, beobachten und die Augen offen halten. Vielleicht entdeckte er noch etwas, schaden konnte es jedenfalls nicht, und es gab schlechtere Möglichkeiten, seine Zeit zu verbringen. Er hatte ohnehin nicht viel zu tun, die Gegend war nicht gerade ein Hotspot der Kriminalität, und weil nur noch sehr wenige Reisende die Gegend besuchten, war es ruhig geworden. Normalerweise verbrachte er in den Herbstmonaten viel Zeit im Büro mit dem Aufarbeiten von Berichten und Protokollen, oder er feierte Überstunden ab. Da war es doch angenehmer, den inoffiziellen *pintxos*-Geschmackstest durchzuführen.

Bei diesem Gedanken grinste er breit. Er drehte das Radio lauter, das sich gerade einen nostalgischen Ausflug mit den besten Songs von Depeche Mode leistete, und konzentrierte sich auf die Straße, die wie ein schwarzes Band vor ihm lag und ihn durch die Dunkelheit nach Hause führte.

DIENSTAG, 16. SEPTEMBER

16.

Aufmerksam ließ Ibara seinen Blick durch den engen Raum gleiten. Es war die vierte Station, die er seit dem Morgen besucht hatte, ganz wie er es sich vorgenommen hatte. Diese *taberna* war eher einfach eingerichtet, Tische und Stühle aus Kiefernholz, blau-rot karierte Tischdecken, an den Wänden großformatige Schwarz-Weiß-Fotos mit verschiedenen Ansichten der Küste. Es war Mittagszeit, gut zwei Dutzend Hafenarbeiter in blauen Arbeitsoveralls hatten fast alle Tische in Beschlag genommen, seitdem war es laut und stickig geworden. Bis dahin waren Ibara und ein Trio alter Männer die einzigen Gäste gewesen. Unter ihnen hatte er zwei der Kartenspieler wiedererkannt, die er schon mit Zamorra zusammen befragt hatte. Sie hatten ihn ebenfalls freudig begrüßt. Ibara hatte sich bemüht, beschäftigt und abweisend zu erscheinen, damit keiner der beiden auf die Idee kommen konnte, sich nach dem Stand der Ermittlungen zu erkundigen – dieser war nach wie vor unverändert.

Ibara wunderte sich selbst, wie sehr ihn das frustrierte. Er hätte gern etwas dazu beigetragen, Raul Fornier und Oscar Txurruka zu entlasten, indem er Hinweise auf den wahren Täter – oder die wahre Täterin – fand. Denn zu diesem

Schluss war er im Laufe seiner Grübeleien seit gestern Abend gekommen: Es war jemand, den sie noch nicht in Betracht gezogen hatten.

Der Klingelton seines Smartphones schreckte ihn auf. Verwundert stellte er fest, dass der Anrufer Iturriko war.

»Rafael, wo bist du? Hast du Zeit?«

»Ich bin in Getaria. Natürlich, was gibt es?« Ob er Zeit hatte? Merkwürdige Frage. Heute schien es für die reguläre Besatzung der *Comisaría* mal wieder nichts zu tun zu geben. Daher hatte Zamorra ihn bis vor einer Viertelstunde begleitet und sich dann den Rest des Tages freigenommen. Sie sah keinen Sinn darin, von einem Restaurant zur nächsten *taberna* und von dort zur übernächsten Bar zu ziehen. Und sie schien damit recht zu behalten: Außer einigen ausgezeichneten *pintxos* und einem halben Dutzend Softdrinks war bisher nichts dabei herumgekommen.

»Das passt ja wunderbar. Arbós hat nämlich einen Großteil seines Teams schon wieder abgezogen und ist in Bilbao. Ich bin noch mal am Tatort und könnte hier etwas Hilfe gebrauchen.«

»Kein Problem, ich bin in zehn Minuten bei dir.« Rasch bezahlte Ibara und verließ das Lokal, um durch die Straßen Getarias zum *XoX* zu gehen. Er hielt den Kopf gesenkt, denn ein garstiger Wind fegte Sprühregenwolken vor sich her. Die Luft schmeckte nach Salz. Normalerweise machte ihm schlechtes Wetter nichts aus, doch heute war er froh, als er vor dem Restaurant ankam. Niemand sonst hielt sich auf dem Platz vor dem Gebäude auf, und Iturriko erwartete ihn im Gastraum, der hell erleuchtet war.

»Danke, dass du kommen konntest. Ich brauche eine helfende Hand.«

»Was soll ich tun?« Ibara zog seine Daunenjacke aus und hängte sie über eine Stuhllehne.

»Komm mit in die Küche.«

»Muss ich auf irgendetwas achten? Darf ich alles anfassen?«

»Mach dir keine Sorgen, diese Art von Spuren haben wir, soweit möglich, alle aufgenommen. Es ist ein Fest an Fingerabdrücken, das kann ich dir sagen. Ich weiß inzwischen, dass nicht weniger als achtzehn Personen hier herumgetrampelt sind. Alle aus der Nachbarschaft, die von Forniers Geschrei angelockt worden sind.«

»Gibt es auch Spuren von Oscar Txurruka?«

»Bisher nicht. Von Raul Fornier dagegen zuhauf.« Iturriko lachte. »Was gut so ist. Wundern würde ich mich eher, wenn es wenige oder gar keine Spuren von ihm gäbe. Dann würde ich nämlich vermuten, dass er sie gezielt beseitigt hatte.«

»Glaubst du, dass es einer von beiden war?«

»Es ist nicht meine Aufgabe, darüber Vermutungen anzustellen.«

Zum Glück stand Iturriko mit dem Rücken zu ihm über seine Tasche gebeugt, sodass er Ibara die Enttäuschung nicht ansehen konnte. Überraschend drehte der junge Mann sich dann um und zwinkerte ihm zu. »Du wolltest nicht die offizielle Antwort hören, habe ich recht?«

»Keine Ahnung, was du meinst.«

Iturriko drückte ihm ein Maßband in die Hand. »Hier, nimm das und stell dich da vorne hin. Ganz im Ernst: Ich versuche meistens, mir den Kopf freizuhalten. Wir können den Mitmenschen nur vor die Stirn gucken, im Grunde kann jede und jeder potenziell einen Mord begehen. Ich sehe täglich, zu was die Menschen in der Lage sind. Zu Txurruka kann ich dir wirklich nichts sagen, dem bin ich persönlich noch nie begegnet. Ich kenne, wenn du so willst, nur seine DNA und seine Fingerabdrücke. Aber Fornier ist eine andere Sache.«

Er bat Ibara, sich auf einen Fleck zwischen Herd und Anrichte zu stellen, ließ sich von ihm das eine Ende des Maßbandes geben und rollte es ab, indem er einige Schritte rückwärtsging. Dann angelte er nach einem Notizbuch und schlug es auf. Ibara wurde angewiesen, das Maßband auf den Boden zu legen und die Entfernung abzulesen. Iturriko schrieb die Maße auf. Dann dirigierte er Ibara zu verschiedenen Positionen, und sie wiederholten die Prozedur.

»Ich habe mit Fornier an jenem Nachmittag gesprochen«, fuhr Iturriko endlich fort, nachdem er die Zahlen stirnrunzelnd mit früheren Aufzeichnungen verglichen hatte.

»Und?« Ibara ließ das Maßband los, das sich daraufhin mit einem Surren einrollte.

»Und was? Moment, hier, nimm das mal.« Er zog ein Messer mit so viel Schwung aus einem Messerblock, dass Ibara instinktiv einen großen Satz von ihm weg machte.

Verwundert schaute Iturriko auf das Messer in seiner Hand und legte es dann weg. »Tut mir leid. Nein, hier, wir nehmen diesen Holzlöffel.« Er reichte ihn Ibara, der ihn erleichtert entgegennahm. Mit einem Messer herumzufuchteln, und wäre es auch nur, um den Tathergang zu rekonstruieren, wäre ihm definitiv zu weit gegangen. »So, jetzt stell dich hierhin und tu so, als würdest du auf jemanden einstechen.«

Iturriko beobachtete ihn aufmerksam, ließ ihn Schritt für Schritt seine Position verändern. Dann holte er eine Taschenlampe und leuchtete systematisch erst die riesige Dunstabzugshaube über dem Herd ab, dann den mit einer Edelstahlwand verkleideten Bereich zwischen Abzug und Herd.

»Na also!«, rief er plötzlich triumphierend.

Ibara legte den Löffel ab und trat neugierig näher heran.

»Schlamperei!«, grollte Iturriko, sprang zu seiner Tasche und holte lange Wattestäbchen und Plastikbeutel hervor. »Nicht anfassen, Rafael!«

»Sind das Blutspuren?« Er erkannte nur schwarze Punkte, die genauso gut schon seit Langem dort kleben und verspritzte Bratensoße sein konnten.

»Das werden wir sehen. Eigentlich sollten diese Spuren von meinem Kollegen aufgenommen worden sein. Aber der Kerl hat vor zwei Wochen gekündigt, und seitdem ist ihm alles egal. Er hat behauptet, er hätte keine Spritzer sicherstellen können. Ich konnte das beim besten Willen nicht glauben – erst recht nicht, seitdem Gabriela festgestellt hat, dass die Stiche zum Teil mit ziemlicher Wucht ausgeführt worden sind. Das muss doch spritzen!«

»Gabriela?«

»Entschuldigung, ich meinte Doctora Cortez, die Rechtsmedizinerin.«

Das klang nach einem ziemlich vertrauten Umgang zwischen den beiden. Falls Ibara also ernsthaft mit dem Gedanken gespielt hatte, diese interessante Frau wiederzusehen, sollte er vielleicht doch besser vorher herausfinden, wie ihr Beziehungsstatus war.

Iturriko sprach bereits weiter, während er die vermeintlichen Blutspritzer erst fotografierte und dann, nachdem er sich Handschuhe übergestreift hatte, mit den Wattestäbchen abkratzte. »Diese Spritzer sind sehr wertvoll, denn sie verraten uns einiges über den Tathergang.« Er ließ die Stäbchen in einen Beutel gleiten und verschloss diesen sorgfältig. Dann nahm er den Kochlöffel und stach damit, ähnlich wie zuvor Ibara, pantomimisch auf jemanden ein. »Wenn du mit Wucht zustößt, brauchst du Kraft. Du musst ausholen. Das Blut spritzt, das muss nicht viel sein, aber ganz lässt sich das auf keinen Fall vermeiden. Es gibt also einen Winkel, in dem die Tropfen umherfliegen. So wie das hier aussieht, würde ich sagen, dass die Person, die auf Paola Ortiz eingestochen hat, nicht größer ist als ich. Eher noch kleiner. Aber niemals so groß wie du oder Fornier.« Er nickte zufrieden und grinste plötzlich verschwörerisch. »Vorausgesetzt, bei diesen Spritzern hier handelt es sich um das Blut des Opfers. Wenn es am Ende doch alte Bratensoße ist, sind wir wieder so schlau wie zuvor.«

»Aber das wäre ja großartig! Dann hätten wir eine wichtige Information über den Täter.«

»Oder die Täterin. Übertreiben wir es nicht. Die Person ist zwischen ein Meter sechzig und ein Meter achtzig. Das trifft auf … keine Ahnung, aber sicherlich über achtzig Prozent der Erwachsenen hier zu. Wir können nur die viel größeren und die sehr viel kleineren ausschließen. Am Ende war es eine kleine Frau mit hohen Absätzen, wer weiß?«

Ibara war enttäuscht, und offensichtlich konnte sein Gegenüber es ihm von der Miene ablesen, denn Iturriko lachte amüsiert auf.

»Guck nicht so traurig, es ist ein Schritt nach vorne. Und es wäre gut für Fornier. Jetzt komme ich nämlich auf das zurück, was ich vorhin sagen wollte: Ich halte es für sehr unwahrscheinlich, dass er es war. Ich habe ihn beobachtet, seine Bewegungen sind sehr – wie soll ich das sagen? Er nimmt sehr viel Raum ein. Er bewegt sich mit großen Gesten, er braucht Platz. Wenn er auf Paola eingestochen hätte, müsste das entweder extrem kontrolliert passiert sein, oder ich müsste *auf* und nicht *unter* der Dunstabzugshaube Spritzer finden. Extrem kontrolliert scheidet laut dem Protokoll der Rechtsmedizin aus. Also müssten die Spritzer viel höher geflogen sein. Wie auch immer: Falls ich bei den Proben, die ich gerade genommen habe, doch nur Soße erwischt habe, werden wir den Raum noch einmal abdunkeln und mit Luminol vernebeln, damit können wir kleinste Partikel sichtbar machen. Ich gehe aber davon aus, dass das nicht nötig sein wird.«

»Faszinierend.« Ibara war beeindruckt.

»Na ja, keine große Sache. Das ist heutzutage das kleine Einmaleins der Spurensicherung. Mich ärgert allein, dass ich wieder alles selbst machen muss. Überleg mal, wir hätten die Spritzer schon vor einer Woche sicherstellen können und wären bei der Suche vielleicht schon weiter.«

»Und was jetzt?«

»Wenn du noch Zeit hast, wollte ich noch einmal einen Blick in den Keller werfen. Den hat auch mein idiotischer Kollege untersucht.«

»Ich habe alle Zeit der Welt.«

»Dann komm.« Er nahm die Taschenlampe wieder zur Hand und winkte.

Alle Zeit der Welt war gar nicht nötig, denn die beiden merkten schnell, dass der Vorratskeller ihnen keine Geheimnisse offenbarte. Schmunzelnd entdeckte Ibara ein Regal mit den von Raul erwähnten *anchoa del cantábrico*, bei denen allein die Konservendosen kleinen Kunstwerken glichen. Er wollte gar nicht wissen, was eine Portion der kleinen Fische kostete.

Unverrichteter Dinge verließen sie den alten Gewölbekeller und stiegen die wackelige Treppe nach oben. Besonders Ibara musste ziemlich gebückt gehen, um sich nicht den Kopf an der niedrigen Decke zu stoßen. Und so fielen ihm sofort die dunklen Flecken auf einer der unebenen Holzstufen auf.

»Iturriko, sieh dir das hier mal an. Könnte das auch Blut sein?«

Der junge Mann von der Spurensicherung blickte nach unten, schaltete die Taschenlampe ein und kam zu Ibara zurück. Mit dem Daumennagel kratzte er über das Holz. »Schwer zu sagen. Aber ich werde eine Probe nehmen, was kann es schaden?«

Iturriko drückte ihm die Lampe in die Hand und ging in die Küche. Währenddessen leuchtete Ibara aufmerksam die

Stufen ab. Die Nagelköpfe des Brettes unter dem möglichen Blutfleck waren blank und glänzten im Licht silbern, während alle anderen Nägel längst angelaufen und verrostet waren. Die Stufe musste vor nicht allzu langer Zeit neu befestigt worden sein. Er packte das Brett und rüttelte daran. Es war viel weniger Kraft nötig, als er erwartet hatte. Er taumelte leicht, als das Brett sich mit Schwung löste.

»Was gefunden?«

»Hier unter der Stufe ist ein Hohlraum. Aber er scheint leer zu sein.« Ibara lehnte das lose Brett gegen die Wand und leuchtete gründlich.

Iturriko beugte sich von oben neugierig näher. »Ein interessantes Versteck. Trocken und sicher, wenn nicht jemand von außen Blut dagegen schmiert. Ich werde von allem Proben nehmen und gründlich untersuchen. Vermutlich hat es ja nichts mit dem Fall zu tun, aber wer weiß?« Er zog sich erneut ein paar Handschuhe über und grinste Ibara breit an. »Du findest auch immer was, oder? Schon mal über eine Karriere als Spürhund nachgedacht?«

»Das war doch nur Zufall. Ich habe den Kopf eingezogen, weil ich mich nicht stoßen wollte. Wir sollten Fornier befragen, vielleicht weiß der sogar was.«

»Könnte sein«, Iturriko schien bereits ganz in Gedanken zu sein und konzentrierte sich auf seine Proben. In der Zwischenzeit machte Ibara sich auf die Suche nach einem Hammer. Nachdem sein Begleiter mit seinen Proben zufrieden war, befestigte er das Brett wieder sorgfältig. Er wollte keine Stolperfalle hinterlassen.

»Und jetzt?«, fragte Ibara, als sie beide wieder in der Küche standen und sich dort den Staub von den Händen gewaschen hatten.

Iturriko räumte seine Utensilien ein und verschloss die Tasche sorgfältig. »Ich muss ins Labor, sonst verliere ich wieder einen Tag.«

Ibara nickte enttäuscht. Er hatte das nicht anders erwartet, dennoch hatte er noch auf einen gemeinsamen *café* in der Stadt gehofft. Vermutlich wäre es das Beste, wenn er wie Zamorra Feierabend machte. Arbós hatte ihm keine weiteren Aufgaben gegeben, dazu waren in den Sommermonaten ausreichend Überstunden angefallen, sodass er deswegen nicht einmal ein schlechtes Gewissen haben müsste.

Er verabschiedete sich von Iturriko, der die Küche wieder sorgfältig versiegelte.

»Warum wurde denn eigentlich nicht das gesamte Gebäude abgeriegelt? Es könnten sich doch auch im Gastraum Spuren finden.«

»Wenn ich das zu entscheiden hätte, wäre genau das passiert«, erklärte Iturriko grimmig. »Aber da Fornier über dem Restaurant wohnt, war das schwierig. Vermutlich gab es das Budget nicht her, dem ein Hotelzimmer zu buchen. Immerhin ist er jetzt irgendwo unterwegs.«

»Er kommt heute Abend zurück.«

»Besser für ihn, falls Arbós sich noch auf ihn als Täter einschießt. Was er aber nicht tun wird, wenn ich ihm erzähle, was ich heute entdeckt habe.«

Ibara nickte. Sie verließen den Gastraum. Nachdem Iturriko die Eingangstür verschlossen hatte, verabschiedeten sie sich voneinander. Mit den Händen in den Hosentaschen vergraben schlenderte Ibara zurück in die Innenstadt. Die Dämmerung war bereits hereingebrochen, und mit den tief hängenden Wolken war es düster zwischen den eng stehenden Häusern.

17.

Nach wenigen Minuten stand er vor der *taberna* der Txurrukas. An der Eingangstür hing ein Schild mit der Aufschrift »Geschlossen«, doch da Ibara im Inneren Licht schimmern sah, klopfte er. Umgehend wurde die Tür so heftig aufgestoßen, dass er einen erschrockenen Satz rückwärts machte, andernfalls wäre ihm die Türkante mit voller Wucht vor die Brust geknallt.

»Ich habe gesagt, wir geben keine Interviews!«, keifte Pello Txurruka und erschrak dann seinerseits, als er Ibara erkannte. »Tut mir leid, ich wollte nicht …«

»Schon gut, ist ja nichts passiert. Darf ich reinkommen?«

»Natürlich, gern.« Er machte einen Schritt rückwärts und gab den Eingang frei.

Ibara betrat den hell erleuchteten Schankraum. Überall standen Dutzende Gläser, Tassen und stapelweise Teller auf den Tischen, der Inhalt des Spirituosenregals stand aufgereiht auf der Theke. Basslastige Musik wummerte aus den Lautsprechern. Ein schmächtiger Junge, vielleicht in Isobels Alter, wischte in den leeren Regalen herum. Sein Kopf fuhr auf, als er hörte, dass sich Stimmen näherten. Er hielt das Poliertuch und eine Reklameblechdose wie ein Schutzschild vor seine Brust.

»Mein Vater kommt gleich, Pilar holt ihn gerade. Der Anwalt hat endlich die *Du-kommst-aus-dem-Gefängnis-frei*-Karte gezogen. Wollen Sie was trinken?«

»Ich nehme gern eine Cola. *Kaixo!*« Er winkte dem Jungen zu.

Pello ging hinter den Tresen und nahm eine Flasche Coca Cola aus dem Kühlschrank. »Das ist mein kleiner Bruder Jon. Er geht normalerweise noch zur Schule, aber im Moment bleibt er zu Hause. Alle wissen, was los ist, und sie lassen ihn nicht in Ruhe. Dabei weiß er natürlich nichts.« Er stockte. »Genau wie ich und Pilar. Setzen Sie sich gern da drüben hin.« Er wies auf den einzigen Tisch, auf dem nichts abgestellt war.

Ibara nahm das Glas entgegen, setzte sich stattdessen auf einen Barhocker und zog seine Jacke aus. »Ich wollte mich eigentlich nur erkundigen, wie es Ihnen geht. Ich kann leider nach wie vor nichts für Sie tun. Umso besser, wenn Ihr Vater nach Hause kommt.«

Pello blickte ihn schweigend an. Jetzt fielen Ibara die dunklen Augenringe und der harte Zug um die Mundwinkel auf. Der junge Mann hatte in den letzten Tagen einiges durchgemacht.

»Wie geht es Ihrer Mutter?«

»Unverändert. Sie hat sich wortwörtlich unter die Bettdecke verkrochen. Der Arzt hat ihr ein leichtes Beruhigungsmittel verschrieben, aber sie nimmt es nicht.« Er atmete tief durch und lachte dann gequält auf. »Warum auch? Sie ist zu ruhig! Sie bräuchte eher ein Aufputschmittel. Wir haben den Pfarrer gebeten, nach ihr zu sehen, aber nicht einmal er konnte etwas ausrichten. Das Restaurant ist ja sowieso geschlossen, wir nutzen die Zeit, hier einmal aufzuräumen.« Er machte eine weit ausholende Armbewegung, die den gesamten Gastraum einbezog. Ibara entdeckte einige Plastikwannen unter zwei Tischen, in denen offenbar Aussortiertes gesammelt wurde.

Er kam nicht dazu, zu antworten, denn in dem Moment wurde die Eingangstür mit Schwung aufgerissen, und Oscar Txurruka trat ein, gefolgt von seiner Tochter. Beide schienen nicht gerade bester Laune zu sein, was angesichts der Umstände nicht weiter verwunderlich war.

»Was ist hier los, Pello? Warum habt ihr nicht geöffnet?«, rief er statt einer Begrüßung. Dann erst entdeckte er Ibara und erstarrte mitten in der Vorwärtsbewegung. Hinter ihm wäre Pilar fast mit ihm zusammengestoßen. Sie machte einen Schritt zur Seite und schälte sich aus ihrer Daunenjacke, während sie genervt die Augen verdrehte.

»Was will die Polizei schon wieder? Ich wurde freigelassen!«, bellte Txurruka Ibara an.

Er hob sofort beschwichtigend die Hand, doch Pello kam ihm mit einer Antwort zuvor. »Er wollte sich nach uns erkundigen. Nach Mama.«

Das beruhigte seinen Vater augenblicklich. Er schaute sich im Gastraum um, als sähe er ihn zum ersten Mal, und kam zu Ibara an die Theke. Dort zeigte er auf eine Flasche Sherry und nickte seinem Sohn zu.

»Ich war es nicht.« Er ließ sich auf den Barhocker gegenüber von Ibara sinken, und mit einem Mal verließ ihn all die wütende Energie. Er stützte sich mit den Ellbogen auf die Theke und sackte in sich zusammen. »Warum? Wer hat mir das angetan und mich verleumdet? Ich weiß, dass es ein anonymer Anruf war. Was soll das? Ich habe niemandem etwas getan, schon gar nicht dieser Ortiz! Ich kannte sie kaum.«

Ibara nippte verlegen an seiner Cola.

Pilar verschwand in der Küche und kehrte mit einem Brotkorb und mehreren Dipschälchen zurück. »Iss erst einmal was. Sie auch.« Unerwartet lächelte sie Ibara an, der ihr dankbar zunickte.

Unterdessen stellte der jüngere Bruder lautlos zwei Gläser ab und schlich sich aus dem Raum.

Ibara nahm sich eine Scheibe Brot und bestrich es mit einer dunklen Paste, die er für Tapenade hielt, zumindest roch sie intensiv nach Oliven. »Was hat Arbós Ihnen denn jetzt vorgeworfen?«

»Tun Sie doch nicht so, als wüssten Sie das nicht!«, fuhr Txurruka sofort wieder auf.

Ibara hätte beinahe die Brotscheibe fallen lassen. Er lächelte hilflos und wischte sich verstohlen Tapenade vom Handgelenk.

»Papa, er kann nichts dafür. Er ist auf unserer Seite.« Pello stellte mit einem Knall zwei gefüllte Gläser mit Sherry auf der Theke ab.

Ibara schwieg weiterhin. Er hätte zu gern geholfen, nur wusste er nicht, wie.

Txurruka trank den Sherry in zwei schnellen Zügen aus und stopfte sich danach eine trockene Brotscheibe in den

Mund. Pello schenkte nach, stellte die Flasche dann jedoch ganz nach oben ins Regal, als wollte er damit sagen, dass sein Vater von ihm keinen weiteren Nachschub zu erwarten hatte. Ibara nippte an seinem Sherry und wartete geduldig. Er hatte das Gefühl, dass alles, was er jetzt sagte, in jedem Fall falsch sein würde.

»Die meinen, ich wäre bei der Ortiz gewesen, weil ich es auf deren Rezepte abgesehen hatte. Und als sie die nicht rausgerückt hat, wäre ich auf sie losgegangen. Sie haben versucht, mir alles Mögliche zu unterstellen, aber nichts davon ist wahr.« Er schüttelte den Kopf. »Sie werden es nicht beweisen können, weil es nichts zu beweisen gibt.«

Pilar hatte sich in der Zwischenzeit einen *café* gemacht und setzte sich nun hinter der Theke auf einen Hocker. »Warum haben die dich dann so lange festhalten können? Die müssen doch Gründe haben.« Sie hob das Kinn, und Ibara fand, dass in dieser Geste eine unausgesprochene Herausforderung lag.

Ihr Vater wandte sich ab und starrte zu Boden. »Es ist nicht so, wie ihr denkt.«

Ibara verschluckte sich an seinem Brot und hustete. Gab es eine theatralischere Floskel? Hastig trank er Cola und bat Pello mit einem Wink, ihm das Glas noch einmal zu füllen. Der junge Mann kam dem sofort nach, als wäre er froh, endlich etwas tun zu können, mit dem er sich auskannte. Zögernd schaute er auf zu der Flasche Sherry, holte sie dann herunter und nahm sich selbst ein Glas.

Die Bassmusik verstummte, und eine unangenehme Stille legte sich über den Raum. Es fiel Ibara schwer, nichts zu sagen. Seine Stärke war eher, die Initiative zu ergreifen, zu vermitteln. Zwischen Oscar Txurruka und seinen beiden Kindern wuchs eine Spannung, als wüssten sie alle drei von etwas, das besser ungesagt bleiben sollte. Hatte Txurruka etwa ein Verhältnis mit Paola Ortiz gehabt? Falls dem so war, hatte das in Bezug auf Raul Fornier gar nichts zu bedeuten – vorausgesetzt, seine Lebensgefährtin hatte tatsächlich dessen Ansichten über die Offenheit ihrer Beziehung geteilt. Aber natürlich gab es hier noch eine zweite Partei, die Familie dieser *taberna*, eine anfällige Mutter, zwei Söhne und eine Tochter, die mit dem Betrieb eng verbunden waren. Wenn dem aber so war, woher konnte die Polizei davon wissen?

Txurruka seufzte tief. »Es fängt alles mit Maria Izguierre an. Sie hat ihre *pintxos*-Bar in den Sechzigern eröffnet, als ich noch ein kleiner Junge war. Damals war Getaria ein reines Fischerdorf, von internationalen Gästen noch keine Spur. Mit dem Tourismus fing es ja in der Zeit erst an, und das Baskenland stand noch nie weit oben auf der Liste der Gegenden, die die Menschheit gesehen haben muss.«

Was ein Fehler und zugleich auch ein Segen war, dachte Ibara bei sich. Leute, die bei vierzig Grad im Schatten nur am Strand liegen wollten, wären hier wirklich falsch, aber Familien, Menschen, die gern wanderten oder segelten und auch ein wenig Kultur schätzten, konnten voll auf ihre Kosten kommen. Zugleich brachten die Folgen des ungebremsten Massentourismus' einige Orte an ihre Grenzen. Barcelona erstickte in Ausflüglern, in Venedig wurde über eine Maut nachgedacht, um den Zufluss zu regeln. Dass es so weit kam, wollte niemand.

»Maria Izguierre war eine Künstlerin am Herd«, holte Txurrukas Stimme Ibara von seinem Gedankenausflug zurück. Richtig, gutes Essen gab es im Baskenland ebenfalls.

»Damals schon wagte sie die unglaublichsten Kombinationen. Wenn ich ehrlich bin, stammt die Idee der *pintxos* aus der europäischen *fusion kitchen* sogar von ihr. Sie hatte nur damals nicht dieselben Möglichkeiten wie wir heutzutage. Spanien war aufgrund der politischen Lage mit der Franco-Diktatur teilweise von den Märkten abgeschnitten, aber selbst wenn das nicht so gewesen wäre, gab es damals nicht einmal ansatzweise diese Fülle an Angeboten aus Asien oder Amerika. Und so kreierte sie aus dem, was sie vor der Haustür fand, ihre Gerichte. Pello, gib mir noch einen Sherry.« Er wedelte mit dem leeren Glas.

Pello holte Luft, schwieg dann jedoch und kam der Aufforderung nach. Pilar stand auf, füllte zwei Gläser mit Leitungswasser, stellte ihrem Vater mit strengem Blick eins davon vor die Nase und setzte sich mit dem anderen in der Hand wieder hin.

»In den folgenden Jahren wurde Marias Bar immer erfolgreicher. Die Arbeiter und Fischer aus dem Hafen standen Schlange, um bei ihr zu essen. Später wurde sie in den Marco-Polo-Reiseführern als Geheimtipp empfohlen, und ausnahmslos alle, die Getaria damals besuchten, kehrten bei ihr ein. Auch wenn es damals noch keine bedeutenden Mengen waren, sie hatte das Haus immer voll. Ihr müsst euch das eher wie eine Imbissbude vorstellen, viele aßen im Stehen oder im Sommer auf einfachen Holzbänken, die sie vor dem Restaurant aufgestellt hatte. Kein Vergleich zu diesem Nobelschuppen von heute.« Er trank den Sherry halb aus und stürzte direkt darauf das Wasser hinunter, als müsste er sich den herben Geschmack aus dem Mund spülen.

»Maria hatte eine alte Kladde, die sie wie einen Schatz hütete. In der sammelte sie ihre Rezepte, Adressen von Lieferanten und was weiß ich noch alles. Dieses Buch war kein Geheimnis, aber sie prahlte auch nicht damit herum. Ganz anders als Paola, die es überall herumerzählt hat, was für ein tolles Rezeptbuch sie habe, ganz egal ob ihr Gegenüber es hören wollte oder nicht.«

Pilar beugte sich vor. »Und du glaubst, dass diese alte Kladde und diese mysteriöse Sammlung vom *XoX* ein und dasselbe sind?«

Txurruka senkte die Augenbrauen und hob verschwörerisch einen Zeigefinger. »Andernfalls wäre das ein ziemlich merkwürdiger Zufall, findest du nicht?« Bevor jemand eine Antwort geben konnte, hob er die Hand. »Ich glaube es nicht, ich weiß es.«

Pello lehnte sich mit verschränkten Armen gegen die Anrichte und runzelte die Stirn. »Du hast mal gesagt, du wärst früher Küchenjunge gewesen, weil dein Vater dich hier nicht hat mitarbeiten lassen. Du solltest zur Schule gehen. Stattdessen hast du heimlich abends gearbeitet und gespült und dann morgens geschwänzt, um auszuschlafen.«

»Was, echt jetzt?« Jon war lautlos näher gekommen.

Txurruka fuhr herum und sah seinem jüngsten Spross in die Augen. »Das habe ich den beiden erst erzählt, nachdem sie ihre Abschlüsse hatten. Für deine Ohren war das nicht bestimmt, merk dir das!«

Der Junge schnaubte. »Ich will sowieso studieren. Muss ja nicht auch noch in diesem Provinznest zugrunde gehen wie der Rest der Familie.«

»Du hast also das Rezeptbuch von Maria gesehen«, brachte Pilar das Gespräch unbeirrt zurück zum Thema.

Ibara hätte sich am liebsten unsichtbar gemacht. Es schien ganz so, als hätte Txurruka senior vergessen, dass er neben ihm saß – oder zumindest, dass er Polizist war. Denn dass er diese ganzen Informationen gegenüber Arbós und seinem Team zurückgehalten hatte, war ihm anzumerken. Er verhielt sich ganz wie jemand, der ein Geheimnis mit sich trug und endlich die Gelegenheit erkannt hatte, sich alles von der Seele zu reden.

»Ja, ich kenne diese Kladde. Und ich habe mir damals zwei meiner Lieblingsrezepte abschreiben dürfen. Dass ich die habe, habe ich gar nicht bestritten. Und das wiederum wollten sie mir als *Beweis* anhängen, ich hätte die Ortiz abgestochen.« Er knurrte empört, trank den Sherry aus und winkte seinem Sohn.

Pello schüttelte nur stumm den Kopf und schenkte ihm Wasser nach.

»Und jetzt, Kinder, beginnt die Märchenstunde. Angeblich hat Maria sich mit der Bar eine goldene Nase verdient und das Geld einmal im Jahr persönlich über die Grenze in die Schweiz gebracht. Und die Kontonummer soll sie auf der letzten Seite dieses Rezeptbuches notiert haben.« Er lachte auf, und seine Kinder sowie Ibara fielen kopfschüttelnd mit ein.

»Das klingt eher nach einem schlechten Kinofilm.«

»Ja, allerdings.« Txurruka blickte bedauernd das Sherryglas an. Da sein Sohn so tat, als bemerke er das nicht, trank er stattdessen das Wasser aus.

»Was aber auch nach Kinofilm klingt, aber den Tatsachen entspricht, ist das Angebot, das Maria Ende der Neunzigerjahre bekommen hat. Da soll ihr ein Fremder, angeblich ein aufgehender Stern am Himmel der höchsten Kochkünste, dreißig Millionen Peseten für die Rezepte geboten haben.«

»Dreißig Millionen was?«, fragte Jon verwirrt.

Txurruka grunzte. »Fürs Studium reicht es bei dir aber noch nicht, oder? Mit Peseten wurde in Spanien vor dem Euro bezahlt.«

»Und wie viel Geld ist das?«, wollte Pilar wissen.

Erst da wurde Ibara wieder bewusst, wie jung auch sie und Pello noch waren. Die beiden kannten sicherlich noch Peseten, waren aber bis zur Einführung des Euro höchstens in einem Alter gewesen, in dem sie ein paar Münzen für ein Eis in die Hand gedrückt bekommen hatten. Einen Bezug zum Wert der früheren Währung konnten sie nicht haben.

»Ungefähr hundertachtzigtausend Euro«, sagte er leise, immer noch darauf bedacht, keine Aufmerksamkeit auf sich zu lenken. Trotzdem starrte Txurruka ihn einen Moment lang böse an, als hätte er gerade gegen eine unausgesprochene Regel verstoßen.

Pello pfiff leise durch die Zähne.

Seine Schwester versuchte vergeblich, sich unbeeindruckt zu geben. Mit deutlichem Unbehagen rutschte sie auf dem Hocker hin und her und spielte dabei mit ihrer leeren Kaffeetasse. »Und was bedeutet das alles jetzt? Hast du das der Polizei gesagt?«

Txurruka knurrte genervt. »Ich habe es versucht. Dieser Fischerssohn hat mir jedes Wort im Mund herumgedreht.«

»Fischerssohn?«, wiederholte Pello.

Ibara nickte. »Comisario Arbós ist der Sohn eines Fischers hier aus Getaria. Er schätzt es allerdings nicht, auf diese Abstammung angesprochen zu werden.«

»Ist doch nicht mein Problem!«, bellte Txurruka. »Fischer ist kein schlechterer Beruf als jeder andere. Und sicherlich besser als *Comisario*.« Er betonte das letzte Wort, als handele sich um eine ansteckende Krankheit. Pello warf Ibara einen entschuldigenden Blick zu, doch der lächelte nur. Er hatte seine Karriere bei der Polizei als Streifenpolizist in Hamburg auf dem Kiez begonnen und da weitaus Schlimmeres erlebt.

Ibara konnte sich gut denken, wie die Verhöre von Oscar Txurruka abgelaufen waren. Wenn Humpty Dumpty nicht zu hören bekam, was er wollte, stellte er auf stur, beziehungsweise hörte gar nicht mehr zu. Dabei konnte diese alte Geschichte über Maria Izguierre wichtig sein. Wer, außer Txurruka, hatte noch davon gewusst, dass das Rezeptbuch, mit dem Paola Ortiz herumgeprahlt hatte, dasjenige der Vorbesitzerin sein könnte, für das jemand vor gut zwanzig Jahren mal einen Haufen Geld geboten hatte?

»Das Ermittlungsteam sollte diese Möglichkeiten aber doch berücksichtigen«, meinte Pello mit einem vielsagenden Blick zu Ibara, der unwillkürlich nickte.

Txurrukas Blick verdüsterte sich. Er stach aggressiv mit einem Zeigefinger in die Luft. »Kein Wort mehr zu denen! Nachher sind wir schon wieder schuld, wenn ich mich doch irre und das mit dieser alten Sache gar nichts zu tun hat. Das bleibt hier in diesem Raum.« Er beugte sich zu seinem Sohn vor, als wäre Ibara gar nicht anwesend. »Du hast gesagt, wir können ihm vertrauen.«

Ibara setzte an, um zu widersprechen. Natürlich konnten sie ihm vertrauen, aber dass er Dinge, die für die Aufklärung eines Gewaltverbrechens wichtig sein könnten, für sich behielt, war doch etwas zu viel verlangt.

Txurruka hieb mit der Faust auf den Tresen, dass die Gläser leise klirrten. »Ich meine das ernst. Ich habe hier meinen Kindern eine alte Geschichte erzählt, die Sie zufällig mit angehört haben. Machen Sie daraus, was Sie wollen. Aber sollten Sie das irgendwie mit meiner Person, meiner Familie, oder meiner *taberna* in Verbindung bringen, werde ich abstreiten, das alles jemals gesagt zu haben. Das kann mir niemand beweisen! Und ich gehe nicht noch einmal unschuldig in Gefängnis!«

Hinter seinem Rücken verdrehte Pilar abermals genervt die Augen. Jon hatte sich wieder sein Poliertuch geschnappt und ging Geschirr sortieren, als ginge ihn das alles nichts an.

Ibara schob sich vom Barhocker und hob beschwichtigend die Hände. »Ich habe verstanden, Señor Txurruka, machen

Sie sich keine Gedanken. Der Mord an Paola Ortiz wird sich bestimmt bald aufklären, und dann wird Sie niemand mehr belästigen.« Er nahm seine Jacke und verabschiedete sich.

Beim Hinausgehen hörte er, wie der Vater seinen beiden Kindern Anweisungen gab, die *taberna* umgehend wieder zu öffnen. Als Pello widersprach, dass doch nur Neugierige und Presseleute kommen würden, lachte sein Vater und erklärte, das sei ihm egal. Entweder sie verzehrten, dann sollte es sein Schaden nicht sein, oder sie flogen wieder raus.

Ibara grinste verstohlen. Er war froh, dass Oscar Txurruka seine Energie nun sinnvoll einsetzte. Es brauchte wohl eine gewisse Ruppigkeit, um sich in diesem von Saison und Wetter abhängigen Geschäft zu behaupten.

18.

Er hatte sich auf einen ruhigen Abend gefreut, doch schon als er den Flur betrat und Whoopy ihm mit gesenktem Kopf und nur zaghaft wedelndem Schwanz entgegenkam, wusste er, dass zwischen den beiden wichtigsten Frauen in seinem Leben dicke Luft herrschte. Ibara kraulte die Hündin hinter dem Ohr, und sie heftete sich daraufhin an seine Fersen, als er ins Wohnzimmer ging. Dort saß Finia in ihrem abgewetzten Lieblingssessel und strickte. Im Fernsehen lief eine Liebesschmonzette.

Letzteres war ein deutliches Zeichen dafür, dass der Haussegen schiefhing. Normalerweise bevorzugte seine Schwiegermutter actionreicheres Programm.

Ibara setzte sich auf den Rand des Sofas. »Was ist los?«, fragte er statt einer Begrüßung.

»Deine liebe Tochter hat sich entschieden, ab heute ganz auf ihre Mutter zu kommen. Sie ist vollkommen durchgedreht. Jetzt will sie durchbrennen.« Finia schnaubte. »Geh besser nachsehen, vielleicht ist sie ja schon aus dem Fenster raus.«

Stöhnend rieb sich Ibara mit beiden Händen übers Gesicht und erinnerte sich dabei an einen Spruch seiner eigenen

Mutter: *Kleine Kinder, kleine Probleme, große Kinder, große Probleme*. Insgeheim war er ein wenig stolz darauf gewesen, dass er mit Isobel so gut auskam. Bei den Elternabenden in der Schule oder bei Begegnungen im Sportverein bekam er von den anderen Müttern und Vätern immer die reinsten Horrorgeschichten zu hören. Und wenn er ehrlich zu sich war, hatte er nicht die blasseste Ahnung, was er anders machte als die anderen, daher schwang in diesem Stolz auch immer die Vorahnung mit, dass sich das eines Tages einmal ändern könnte. Allerdings hatte er eher erwartet, dass Isobel sich an ihm abarbeiten und ihre Amama zur Verbündeten machen würde.

»Was ist los?«, fragte er ruhig.

Finias Empörung schien beinahe greifbar zu ihm herüberzuwabern. »Frag sie doch selbst! Ich mache ja doch alles falsch!«

»Ich wäre aber an deiner Version interessiert.«

Ibara ahnte, dass es gar nicht so sehr um Isobel ging, sondern vielmehr um Finias Tochter Sofia. Sie beide hatten deren Flucht aus dem gemeinsamen Leben und der Ehe nie wirklich bearbeitet, sondern einfach weitergemacht – um Isobels willen. Es war klar, dass die alten Wunden eines Tages wieder aufbrechen würden.

Finia fluchte, weil sie sich anscheinend beim Stricken vertan hatte. Energisch zog sie an einem Faden und ribbelte alles wieder auf. »Ich kann dir wirklich gar nichts sagen, Rafa. Sie kam nach Hause, hatte eine solche Stinkwut, dass Whoopy mit bis unter den Bauch eingeklemmtem Schwanz zu mir in die Küche gerannt kam.« Bei der Erwähnung ihres Namens wedelte die kleine Hündin schüchtern und blickte zwischen ihnen hin und her.

»Hat sie denn nichts gesagt?«

»Doch, natürlich: *Ich packe jetzt meine Tasche, und das war's. Ihr könnt mich alle mal. Hier bleibe ich nicht.*«

Ibara nickte und ahnte, dass Isobels Ausbruch weder etwas mit ihm noch mit ihrer Amama zu tun hatte, doch ihre Wortwahl hatte Finia vermutlich in Panik geraten und umgehend an die Decke gehen lassen.

Er stand auf. »Ich gehe mal und rede mit ihr. Whoopy, Platz! Du bleibst hier.«

Im Obergeschoss legte er erst ein Ohr an die Tür zum Zimmer seiner Tochter. Er glaubte, leise Musik zu hören, klopfte, und als er keine Antwort erhielt, öffnete er die Tür. Isobel lag mit geschlossenen Augen auf dem Bett, einen Kopfhörer auf dem Kopf, aus dem Ibara zu seinem Entsetzen die Musik hörte. Mit einem großen Schritt war er an dem alten CD-Player und drückte auf Stopp. Gleichzeitig zog er das Kabel des Kopfhörers ab. Sein Blick fiel auf die CD-Hülle.

Isobel fuhr auf. »Was soll das!«

Ibara funkelte sie an. »Würde ich auch gern wissen! Kein Grund der Welt rechtfertigt es, sich sein Gehör zu ruinieren.«

Sie setzte sich auf und zog die Knie an die Brust. Sie vermied es, ihren Vater anzusehen, und starrte stattdessen wütend Löcher in die Luft.

Er atmete einmal tief durch und setzte sich dann auf die Bettkante, vorsichtig, damit seine Tochter nicht das Gefühl hatte, er wolle sie bedrängen. »Manic Street Preachers machen nicht gerade Musik, die für gute Laune sorgt. Bei mir bewirken sie eher das Gegenteil.« Er verbot sich den Gedanken, ob es einen anderen Grund gab, als dass es seine alte Musik war. Er mochte über vierzig sein, doch an die Themen, mit denen sich junge Menschen in dem Alter beschäftigten, erinnerte er sich nur allzu gut. Es ging nicht nur um Liebe und Sehnsucht, sondern auch um den Tod und nicht weniger als den Sinn des Lebens.

Sie schwieg weiterhin bockig.

»Was, liebe Isobel, ist los?«

»Lass mich in Ruhe!«

»Finia erwähnte, dass du fort möchtest.«

Sie zupfte an der Kordel ihres Kapuzenpullis.

»Verrätst du mir, wohin?«

Ihre Unterlippe begann, verräterisch zu zittern. Ibara hatte sich entschieden, geduldig zu sein. Mit Vorwürfen und Forderungen kam er hier nicht weiter.

Die Zimmertür, die er einen Spalt weit offen gelassen hatte, öffnete sich, und Whoopy huschte herein. Vor dem Bett blieb sie einen Moment lang unschlüssig wedelnd stehen. Als sie niemand davon abhielt, hüpfte sie hinauf und kringelte sich mit einem tiefen Seufzer neben ihrem Frauchen zusammen. Sofort vergrub Isobel ihre Hand im Nackenfell der Hündin. Jetzt rollte eine verstohlene Träne ihren Nasenflügel entlang.

Ibara sagte weiterhin nichts.

Isobel murmelte etwas vor sich hin.

»Wie bitte?«

»Lukas kann nicht kommen.«

»Oh nein.« Ibara stutzte. Das war alles? Und deshalb lief hier so ein Drama ab? »Warum nicht?«

»Er muss zwei Vorkurse machen. Sonst darf er das Studium gar nicht anfangen.«

»Und stattdessen möchtest du ihn besuchen?«

»Ja.« Sie schniefte. Whoopy brummte zufrieden.

»Verstehe.« Was ein wenig gelogen war. Warum regte sich denn Finia darüber so auf? »Wann wolltest du denn los? Und ist das schon mit seinen Eltern abgesprochen?«

Isobel fuhr auf und starrte ihn wütend an. »Was spielt das denn für eine Rolle?«

»Äh.« Das war sie also, die eine Frage zu viel, die das Teenagerherz überquellen ließ. Allmählich ahnte er, wie das zwischen Finia und Isobel abgelaufen war. Er räusperte sich. »Vielleicht fängst du mal von vorne an, damit dein alter Vater auch mitkommt. Abgemacht war, dass Lukas Ende September zwei Wochen herkommt. Jetzt kann er nicht. Und weiter?«

»Ich wollte hin. Das ist alles. Da ist Amama sofort ausgerastet.«

»Vermutlich, weil du im September keine Ferien hast und nicht einfach für ein paar Wochen verschwinden kannst.«

Isobel zog eine sarkastische Grimasse und schlug sich theatralisch mit der Hand vor die Stirn. »Davon redet doch niemand!«

»Sondern?«

»In den Ferien natürlich! Ist mir schon klar, dass ich hier nicht einfach wegkann. Ich habe auch Volleyballturniere. Ich werde doch mein Team nicht sitzen lassen.«

»Gut. Also in den Ferien.« Ibara war erleichtert, denn das klang alles ganz harmlos. Bis auf die Tatsache, dass er kein Freund der Idee war, dass seine dann sechzehnjährige Tochter allein über tausend Kilometer mit dem Zug fahren wollte und nicht einmal in Betracht zog, er oder ihre Großmutter könnten das verbieten. Was, so ahnte er bereits, vermutlich keine Option war. Traute er Isobel zu, dass sie dann abhauen, trotzdem fahren würde?

Ja, das tat er. So schwer verliebt, wie sie war, war sie wenig empfänglich für väterliche Sorgen. Er musste eine andere Lösung finden. Aber erst einmal galt es, den Hausfrieden wiederherzustellen.

Er entschied sich für klare Worte, die einfache Wahrheit: »Amama hat wahrscheinlich einfach Sorge, dass du nicht mehr zurückkommst.«

»Wieso das denn?« Isobel lachte auf. »Würde mir im Traum nicht einfallen.«

»Sie hat es schon einmal erlebt.«

»Glaubst du, Lukas' Eltern wären begeistert davon, wenn ich mich dauerhaft bei ihnen einquartiere? Moment.« Sie wandte sich Ibara mit großen Augen zu. »Meinst du das ernst? Sie glaubt, dass ich durchbrenne? Wo sollte ich denn hin?«

Er zog die Schultern hoch. »Du hast letztens von Paris gesprochen.«

Sie murmelte etwas vor sich hin. Ibara glaubte etwas von … *würde Lukas nicht mitmachen* … zu verstehen. Konnte er es wagen, darauf zu hoffen, dass sich Isobel einen außerordentlich vernünftigen jungen Mann als erste große Liebe ausgesucht hatte? Wobei Lukas vielleicht auch einfach nur mit dem Trip ins Baskenland eine ordentliche Packung Abenteuer abbekommen hatte. Vermutlich waren die Entdeckung einer Frauenleiche und die anschließenden Verdächtigungen, mit deren Tod etwas zu tun zu haben, mehr, als er sich gewünscht hatte, und die Aussicht auf Vorkurse fürs Studium war zwar langweilig, aber vielleicht gerade deshalb umso verführerischer.

Er streckte die Hand aus und tätschelte seiner Tochter die Schulter. »Komm. Geh zu ihr. Sie hat wirklich Angst um dich, mehr ist es nicht. Und du und ich, wir beide überlegen mal, wie wir die Herbstferien gestalten. Du kannst dich doch sicher an meinen Freund Wim Driessen erinnern? Ich weiß, Brüssel ist nicht Paris, aber was wäre, wenn wir beide ihn besuchen?« Er zögerte kurz, als er das interessierte Aufleuchten in Isobels Augen sah. »Oder wir fahren über Stuttgart, ich setze dich dort ab und besuche Wim und seine Familie allein.«

Er musste sich sehr beherrschen, nicht breit zu grinsen, da sich der innere Widerstreit dieser beiden Verlockungen allzu deutlich auf die Miene seiner Tochter malte. Sie mochte Wim, seine Frau und seine Söhne, und auch Brüssel war als Stadt ein attraktives Ziel. In Stuttgart dagegen wartete neben Lukas auch dessen Familie, die es kennenzulernen galt, was auch anstrengend werden konnte. Isobel würde sich da kaum etwas vormachen, dazu war sie zu klug. Zwar verliebt, aber ein wenig Verstand schien sie sich bewahrt zu haben.

Sie setzte sich auf. »Ich weiß nicht«, meinte sie gedehnt. Von ihrer Bewegung aufgeschreckt hob Whoopy den Kopf und gähnte.

Ibara nickte mit dem Kinn Richtung Tür. »Eins nach dem anderen. Denk einfach in Ruhe darüber nach. Und jetzt versöhnst du dich mit Finia. Du entschuldigst dich dafür, dass du frech geworden bist …«

»Aber ich …«

»Und sei nachsichtig mit ihr. Sie liebt dich, sie macht sich Sorgen, und sie will dich nicht verlieren.«

»Geht's auch eine Nummer kleiner?«

Jetzt grinste Ibara. »Sag ihr einfach, dass sie dich die nächsten Jahre nicht loswird.«

Sie wirkte noch nicht überzeugt.

Ibara legte ihr die Hand auf den Rücken und schob sie mit sanfter Gewalt vom Bett. »Die Klügere gibt nach. Du bist doch klüger als deine Großmutter?«

»Wie bitte? Das sag ich ihr!«

»Petze! Aber mach ruhig. Und jetzt geh endlich.« Ibara erhob sich und scheuchte Whoopy vom Bett, die mit einem beleidigten Seitenblick hinuntersprang und sich schüttelte.

Er war zufrieden. Er hatte es geschafft, wieder Einigkeit herzustellen und eine attraktive Alternative zu finden, statt etwas zu verbieten. Wobei es natürlich hilfreich war, dass Finia offensichtlich vollkommen überreagiert hatte.

Familie. Ein großes Wort für Konflikte und Probleme, Zusammenhalt und Liebe.

19.

Schon auf dem Weg ins Wohnzimmer hörte er, wie Finia und Isobel Frieden schlossen. Als er den Raum betrat, sah er, dass seine Tochter sich in einer Umarmung, wenn nicht gar Umklammerung befand, die ihr sichtlich unangenehm war, sofern er ihre amüsierte und zugleich gequälte Miene richtig deutete. Immerhin hatte ihre Großmutter noch nie die Angewohnheit gehabt, sie zu küssen. Isobel hasste das, solange er sich zurückerinnern konnte. Was Ibara problemlos respektierte, ihm genügten solche Umarmungen.

Unterdessen wanderten seine Gedanken zurück zu dem, was Txurruka erwähnt hatte. Und erst jetzt, als er über den Zusammenhalt von Familien nachdachte, fiel ihm auf, dass ein Stück dieser Geschichte fehlte. Nämlich das Ende, beziehungsweise der Weg dieses ominösen Rezeptbuches von der früheren Barbesitzerin zum Mordopfer. Er ging davon aus, dass es sich um dasselbe Buch handelte, denn zwei Bücher dieser Art wäre doch ein wenig zu viel des Zufalls.

Er erzählte Finia und Isobel davon. Beide hörten interessiert zu, doch als er seine Schwiegermutter danach fragte, ob sie etwas darüber wüsste, schüttelte die nur den Kopf.

»Aus deiner Sicht, Rafa, ist Getaria gleich um die Ecke. Du arbeitest dort, fährst die Strecken täglich mit dem Auto. Ich fahre dagegen selten dorthin, warum auch? Und als Maria Izguierre diese ganz große Zeit gehabt haben muss, da bin ich so gut wie nie dort gewesen. Solange der Hof in Betrieb war, hatten wir Besseres zu tun, als durch alte Gassen zu bummeln oder dort essen zu gehen. Wir waren froh, wenn wir es schafften, uns auf ein Glas Wein mit der Nachbarschaft zu treffen. In der Erntezeit haben wir abends nach der Arbeit bei den Feldern ein Lagerfeuer gemacht, es gab Wein, Brot und Käse, was gerade da war. Und dann haben wir dort mit den Leuten und den Saisonkräften geredet und gesungen. Das war es. Nach Getaria fahren, um sich dort in eine Bar zu setzen, wäre uns nicht eingefallen.«

»Warum haben die Kinder von Maria Izguierre die Rezepte denn nicht behalten oder verkauft?«, wollte Isobel wissen.

»Welche Kinder?«

»Na die, die das Haus geerbt und an Paola und Raul verkauft haben.«

»Gute Frage, keine Ahnung. Ich weiß nicht einmal, ob es Kinder waren, es können genauso gut Geschwister, Neffen oder Nichten gewesen sein.« Ibara spielte mit seinem Wasserglas und überlegte dabei, dass ihn das ganze Gerede über Rezepte und Kochen hungrig machte.

»Also wenn ich diese Ermittlung machen würde, würde ich mit diesen Erben einmal reden wollen«, erklärte Isobel mit einem Brustton der Überzeugung, der Ibara zum Lächeln brachte.

Und Isobel hatte recht. Wer waren diese Angehörigen, die das Haus geerbt hatten? Hatten sie vom Wert dieses Rezeptbuchs gewusst? Hatten sie das Haus samt Rezepten verkauft, und wenn ja, war das mit Absicht geschehen oder aus Versehen? Wäre es so abwegig, sich einmal mit diesen Personen zu beschäftigen? Denn einmal angenommen, sie hatten von dem Rezeptbuch gewusst und vergeblich danach gesucht, angenommen, Paola Ortiz hatte es zufällig gefunden – war es dann nicht möglich, dass die Person, die geerbt hatte, sich das hatte wiederholen wollen, was nach ihrem Verständnis rechtmäßig ihr gehörte? So ein altes Haus konnte Dutzende Verstecke haben. Eins hatten er und Iturriko heute zufällig entdeckt. Das Gleiche konnte schon einmal passiert sein.

Er würde morgen einmal herumfragen, wer das Anwesen verkauft beziehungsweise zuvor geerbt hatte. Schaden konnte es jedenfalls nicht.

MITTWOCH, 17. SEPTEMBER

20.

»Dass Sie es noch wagen, mir unter die Augen zu treten!«, schallte es Ibara durch die offen stehende Tür entgegen.

Er stand im Flur vor seinem Büro. Langsam zählte er bis drei und betrat den Raum.

»Ihnen auch einen wunderschönen guten Morgen, Comisario Arbós.«

Der Angesprochene stand mit dem Rücken an die Fensterbank gelehnt und empfing ihn mit vor Wut verzerrter Grimasse. Nicht nur sein Gesicht, auch sein Hals war knallrot angelaufen. »An diesem Morgen ist nur gut, dass wir Raul Fornier endlich verhaften konnten!«

»Wie bitte?« *Endlich* verhaften? Ibara öffnete den Mund und schloss ihn wieder.

»Er hat sich heute Morgen gestellt. Heute Morgen! Weil er uns erklärt hat, Sie hätten ihm noch erlaubt, bis dahin munter durch die Weltgeschichte zu spazieren. Sind Sie eigentlich völlig bescheuert? Haben Sie während Ihrer Ausbildung irgendetwas Sinnvolles gelernt oder nur den Kolleginnen hinterhergeguckt?«

Ibara verschränkte die Arme und lehnte sich seinerseits an das hüfthohe Regal neben der Tür. Dabei straffte er die

Schultern und war sich sehr wohl bewusst, dass seine Daunenjacke sie noch breiter machten. Und obwohl Arbós fast drei Meter von ihm entfernt und noch dazu durch Ibaras Schreibtisch von ihm getrennt stand, verfehlte es nicht seine Wirkung. Arbós räusperte sich und blickte zu Boden, dann trat er einen Schritt zur Seite.

»Ihre Anweisung lautete, ihn aufzuspüren und mit ihm zu reden.« Ibara klang ganz ruhig. »Das habe ich getan. Wieso hätte ich ihn verhaften sollen?«

»Weil es eine neue Aussage eines Zeugen gibt, die ihn belastet.«

»Und woher soll ich davon wissen?«

»Lesen Sie die Protokolle der Teamsitzungen, wenn Sie schon nicht anwesend sind!«

»Was heißt nicht anwesend? War ich eingeladen?« Ibara wurden diese willkürlichen Beschuldigungen allmählich zu blöd. Zum Glück war es eine seiner größten Stärken, in solchen Situationen ruhig zu bleiben.

»Ist doch egal, deshalb gibt es die Protokolle.«

»Und wie erhalte ich die?«

»Die liegen auf dem Teamserver, muss ich Ihnen denn alles erklären?«

»Ja.«

»Wie bitte?« Diese kurze Antwort brachte Arbós endgültig aus dem Konzept.

Ibara hätte am liebsten laut aufgelacht, doch er beherrschte sich. »Ich weiß nichts von Teamservern. In dieser *Comisaría* gibt es klar definierte Abläufe und Informationswege. Alle

Dokumente, Protokolle, was auch immer, werden digitalisiert und zentral gespeichert, ich weiß sehr genau, wo ich was finde. Auf unserem Server liegt nichts. Wenn Sie also möchten, dass ich in Ihrem Team mitarbeite, und dafür stehe ich selbstverständlich zur Verfügung, dann müssten Sie mir schon die entsprechenden Informationen geben, wie die Zusammenarbeit abläuft.«

Niemals hätte Ibara sich so einen arrogant belehrenden Ton gegenüber seinem direkten Vorgesetzten Andoni Mendoza erlaubt. Der Mann genoss seinen uneingeschränkten Respekt. Arbós dagegen verlor gerade den letzten Rest, den Ibara ihm noch aufgrund seines Ranges entgegengebracht hatte.

Der Comisario starrte ihn an, und Ibara hatte sehr stark den Eindruck, dass nicht viel fehlte, bis er die Zähne bleckte. »Diese Ortiz hatte eine Affäre. Und Fornier wusste davon«, sagte er dann völlig unvermittelt.

»Und deshalb soll er sie umgebracht haben?« Ibara war nicht sehr überrascht. Wenn dieses Paar ihre Beziehung wirklich so gestaltet hatte, wie Raul ihm erklärt hatte, war es nur eine Frage der Zeit gewesen, bis sich weitere Personen meldeten, die One-Night-Stands mit ihm oder ihr gehabt hatten. »Was sagt Raul Fornier selbst dazu?«

»Er gibt zu, davon gewusst zu haben, behauptet aber, das wäre für ihn vollkommen in Ordnung gewesen.« Arbós lachte gehässig. »Der will nur nicht zugeben, dass er die Kleine nicht unter Kontrolle hatte.«

»Ich würde ja eher sagen, er bestreitet, dass dies für ihn ein Mordmotiv sein könnte.« Raul hatte Paola nicht *unter*

Kontrolle gehabt? Wie gut so ein sexistischer Spruch doch zu dem Bild passte, das Ibara sich inzwischen von Arbós gemacht hatte. Als Nora García sich gemeldet hatte, war keine Rede davon gewesen, ob da Paola wohl Raul nicht *unter Kontrolle gehabt* hätte.

»Er war es! Ich habe ihn von Anfang an in Verdacht gehabt. Ist ja kein Wunder, bei seiner Herkunft.«

»Seine Herkunft? Weil er Franzose ist?«

»Das auch.«

»Wenn ich mich recht erinnere, haben Sie zu Beginn gesagt, dass Sie ihn für unschuldig halten. Weil er sich mehr schadet, als dass ihm der Tod seiner Freundin nutzt.« Mit einiger Mühe zwang Ibara sich, nicht weiter über die Ansichten dieses Kerls nachzudenken. Aber er nahm sich fest vor, einmal herauszufinden, ob es eine Antidiskriminierungsstelle bei der CNP gab. Die würde das hoffentlich interessieren. Dazu fragte er sich im Stillen, ob Iturriko dem Comisario seine neuesten Erkenntnisse noch nicht mitgeteilt hatte.

»Natürlich schadet er sich, und zwar gewaltig«, schnaufte Arbós. »Aber wenn es um die Beziehung und ums Fremdvögeln geht, setzt der Verstand aus, oder nicht?«

Ibara beschloss, diese Frage als rhetorisch zu verstehen, und sparte sich eine Antwort.

Arbós trat an den Schreibtisch heran, schob eine Akte zur Seite und ließ sich auf den Drehstuhl plumpsen, dessen Federn gequält quietschten. Eine Wolke alter Schweißgeruch stieg auf.

Ibara atmete einige Züge lang durch den Mund. »Was hat Raul Fornier denn zu diesen Anschuldigungen gesagt?«

»Erst hat er was von einer offenen Beziehung gefaselt, die er und sein Opfer hatten.« Arbós machte eine kreisende Bewegung über der Schläfe.

Ibara nickte nur. So viel also zu Rauls Befürchtung, die Polizei würde ihm nicht glauben, was er und Paola miteinander vereinbart hatten. So ungewöhnlich Ibara dieses Konzept fand, sofern die beiden damit zurechtgekommen waren, urteilte er nicht darüber. Und er hatte Rauls Schilderungen ausreichend glaubwürdig in Erinnerung. Diese offene Beziehung lieferte seiner Ansicht nach kein ausreichendes Motiv. Und das brachte ihn zu seinem eigentlichen Anliegen, weshalb er hier vor Arbós stand.

»Ich hatte eigentlich den Gedanken, die Sache mit dem Rezeptbuch noch einmal genauer zu betrachten.«

»Jetzt schweigt er bockig, und wir warten auf den Kretin von Anwalt. Nee, soll eine Frau sein, Anwältin. Vermutlich hat er es der auch schon mal besorgt.«

Ibara sagte sich zweimal in Gedanken vor, dass es eine seiner größten Stärken war, sämtliche Provokationen zu ignorieren und in solchen Situationen ruhig zu bleiben. Aber er fragte sich durchaus, wie befriedigend es wäre, diesem widerlichen Fettsack einmal die Nase zu brechen.

»Halten Sie es für denkbar, dass dieses verschwundene Rezeptbuch eine Rolle spielt?«

Jetzt blinzelte Arbós zu ihm auf. »Sie haben diese Spur doch verfolgt und nichts gefunden, was darauf hindeutet.«

»Ja, das stimmt, aber ich habe gestern Abend eine neue Information erhalten. Danach hat jemand der Vorbesitzerin von Ortiz' Immobilie für ein Rezeptbuch einhundertachtzigtausend Euro geboten.«

Kaum hatte er den Betrag ausgesprochen, bekam er Arbós' volle Aufmerksamkeit. »Der Vorbesitzerin? Dieser Maria Dings …?«

»Izguierre. Genau der.«

»Ja, und? Das wird die doch verkauft haben. Das ist ein Angebot, das niemand ablehnen würde.«

»Hat sie meines Wissens aber. Und ich frage mich jetzt, ob nicht eine oder mehrere Personen, die geerbt haben, hinter den Rezepten her sind.«

»Das ist doch lächerlich! Warum sollten sie?«

»Na, weil die einmal so viel wert waren.«

»Sie sagen es, *waren*. Wir wissen doch weder, ob das heute noch der Fall wäre, noch, ob das verschwundene Rezeptbuch des Opfers dasselbe ist.«

»Nein, wissen wir nicht.« Ibara lächelte. »Aber für ein Motiv würde es doch reichen, wenn der Täter – oder die Täterin – das annimmt. Es sollte nicht schwer sein, herauszufinden, wer das Haus von Maria Izguierre geerbt hat, und dann könnten wir schauen, was diese Person von dem Rezeptbuch wusste.«

»Was für ein Quatsch.«

»Wieso?«

»Weil es Fornier war. Ende der Durchsage. Ich habe heute Abend ein Geständnis, das ist nur noch eine Formalität.«

»Aber …«

»Dieses ganze Getue um die Gastronomie, um die *pintxos*, das hat doch Fornier selbst angezettelt, um von sich abzulenken. Mal ehrlich, er hat behauptet, dieses Rezeptbuch wäre gestohlen worden. Dabei wissen wir noch nicht einmal, ob es überhaupt existiert hat.«

»Wie bitte? Aber Paola und er haben es doch als Marketingstrategie eingesetzt.«

»Sie haben darüber *geredet*. Hat diesen angeblich so wertvollen Haufen Papier auch jemand *gesehen*?«

Vermutlich schon, dachte Ibara. Zum Beispiel die Angestellten des *XoX*, Jean Vareilles und dieser Beikoch. Das ließe sich sehr leicht herausfinden. Aber er hatte den Eindruck, dass er hier einen der berühmten Kämpfe gegen Windmühlen ausfocht. Sollte Arbós sich doch in eine falsche Richtung verrennen. Ihm tat nur Raul leid, der diesem Vollidioten jetzt so lange ausgeliefert war, bis die Staatsanwaltschaft entschieden hatte, ob die Anschuldigungen ausreichten oder nicht. Es war ein kleiner Trost, dass es nicht an Arbós war, das zu beurteilen.

21.

»Und? Was denkt ihr?« Ibaras Blick wanderte von seiner Kollegin Zamorra zum Leiter der *Comisaría*, Andoni Mendoza. Sie saßen in dessen Büro, dem einzigen Raum, auf den Arbós keinen Zugriff hatte, Mendoza hinter seinem Schreibtisch, Zamorra und Ibara auf Besucherstühlen an einem Bistrotisch, der gerade einmal genug Platz bot, um bei einem Gespräch zwei Kaffeetassen abzustellen.

Mendoza zwirbelte nachdenklich seinen eisgrauen Schnauzer. Ibara wusste, dass er von der Anwesenheit der ganzen Fremden nicht weniger genervt war als der Rest der Belegschaft, aber er fügte sich in die gesamte Situation, da er ohnehin keine Chance hatte, etwas dagegen zu unternehmen.

»Du meinst also, die Person, die das Haus von der ehemaligen Besitzerin geerbt und dann verkauft hat, könnte die Tat begangen haben? Weil sie wusste, dass dieses Rezeptbuch irgendwo sein musste?«

»Genau.« Ibara nickte zustimmend. »Und weil diese Person sich vermutlich gut daran erinnert, dass es vor längerer Zeit – also Ende der Neunzigerjahre – dieses Angebot gegeben hat. Vielleicht weiß sie sogar, wer diese Unsumme für das Buch zahlen wollte.«

»Aber sind denn Rezepte heutzutage so viel wert?« Mendoza beugte sich vor und griff nach einem Bleistift, mit dem er auf die Schreibtischunterlage tappte.

»Wie meinst du das?«, fragte Zamorra.

»Na, ich meine, sämtliche Leute, die im Fernsehen kochen, ob mit Sternen dekoriert oder nicht, haben doch schon Kochbücher herausgegeben. Schaut euch doch mal diese Massen an Rezepten an, die es im Internet gibt. Meiner Meinung nach gibt es keine Rezepte mehr, die es nicht gibt. Und gerade dann, wenn diese Rezepte von dieser Maria Izguierre jahrzehntealt sind, hat doch sicherlich schon längst jemand anderes ähnliche Gerichte gekocht.«

»Du hörst dich an, als würdest du aus Erfahrung sprechen.« Ibara hob interessiert die Augenbrauen.

Mendoza lächelte verlegen. »Ich backe mit meinen Kindern ganz gerne Kekse. Und wir haben die alten Rezepte, die ich von meiner Mutter kenne, alle mehr oder weniger identisch im Internet entdeckt. Wisst ihr, am Ende läuft es immer auf dieselben Zutaten hinaus. Ich kann mir nicht vorstellen, dass es bei gehobener baskischer Küche oder *pintxos* so anders sein sollte?«

»Und dennoch«, wandte Zamorra ein, »heißt es in den Beurteilungen sowohl von Gästen aus aller Welt als auch in professionellen Kritiken wie der *EUSKADI Gastronomika* oder dem italienischen *Gambero Rosso*, dass Paola Ortiz und Raul Fornier noch nie da gewesene Geschmackserlebnisse kreiert hätten.«

Ibara blickte sie erstaunt an. »Woher weißt du das?«

»Na, ich habe es nachgelesen. In diesem Internet, du weißt schon.« Zamorra grinste.

»Also gut, ich werde mich mal bei der Verwaltung umhören«, Mendoza ließ den Bleistift fallen und schlug mit der flachen Hand auf den Schreibtisch. »Schaden kann es ja nicht, denn wenn dieser Raul Fornier wirklich unschuldig ist, braucht Arbós einen neuen Ansatz. Er wird sich nicht darüber beschweren, wenn wir ihm einen liefern.«

»Und wenn wir nichts herausfinden, erfährt er es gar nicht erst«, ergänzte Ibara.

Die anderen beiden stimmten zu. Mendoza wandte sich seinem Monitor zu, und mit einem Winken waren Ibara und Zamorra entlassen.

»Und was stellen wir beide jetzt an?« Ibara hatte seine Daunenjacke über den Arm gelegt und ging die Treppe hinunter zum Empfang zu Alba Olea.

»Weiß nicht.« Zamorra folgte ihm widerspruchslos.

»Gut, dass ihr kommt – kann jemand von euch beiden das Telefon für eine halbe Stunde übernehmen?«, rief Olea ihnen entgegen, kaum dass sie am Treppenabsatz in Sichtweite gekommen waren.

»Klar.«

»Sicher, kein Problem.«

»Danke, ich muss nur schnell meine Sachen aus der Reinigung holen. Dauert nicht lange.« Sie erhob sich und humpelte zur Garderobe, wo sie einen Gehstock und ihre Jacke nahm.

Ibara war einen Moment lang versucht, ihr anzubieten, den Gang für sie zu übernehmen. Aber Olea war zu eigensinnig. Meistens erteilte sie ihm mit einem scharfen Spruch eine Abfuhr. Also beobachtete er stumm, wie sie die Eingangstür aufstieß und schwer auf den Stock gestützt hinausging. Währenddessen setzte Zamorra sich ans Telefon.

Ibara gähnte verstohlen, lehnte sich über die Empfangstheke und griff nach einem herumliegenden Flyer. Er klärte in vier Sprachen über die allgemeinen Aufgaben der Polizei auf. Müßig beobachtete er aus den Augenwinkeln, wie seine Kollegin ein Gespräch annahm, lauschte und mehrfach nickte. Da sie sehr leise sprach, konnte er nicht verstehen, um was es ging, aber falls es wichtig war, würde er es schon erfahren.

Er spürte, wie sein eigenes Telefon in der Hosentasche vibrierte. Eine unbekannte Nummer.

»Spreche ich mit Rafael Ibara?«, sagte ein Mann statt einer Begrüßung.

»Ja, das ist richtig.«

»Hier ist Jean Vareilles. Wir haben vor ein paar Tagen miteinander gesprochen.«

»Sie sind der Kellner aus dem *XoX*. Natürlich, ich erinnere mich.«

»Ich habe gehört, dass Sie Raul verhaftet haben.«

»Woher wissen Sie das?«

»Das macht bereits die Runde, ich habe es von einer Verwandten von Paola.«

»Hodei Ortiz?« Ibara erinnerte sich vage daran, dass eine Verwandte mit diesem Namen ebenfalls im Restaurant mitgearbeitet hatte.

»Genau. Aber das tut nichts zur Sache. Ich wollte Ihnen nur sagen, dass ich Raul das nicht zutraue.«

»Wie meinen Sie das?«

»Sie haben ihn kennengelernt, oder?«

Ibara bejahte.

»Er ist ein sehr gelassener Mensch. In einer Restaurantküche geht es schon mal hektisch zu, es herrscht ein rauer Umgangston. Aber Raul ist nie ausgeflippt. Ich hatte schon davon gesprochen. Paola war die, die ihre Beiköche schon mal zusammengeschrien hat. Raul hat nicht die Nerven verloren. Das passt einfach nicht.«

»Ihre Loyalität ehrt Sie natürlich, und wir werden anhand von Beweisen und Fakten …«

»Da ist noch etwas.« Jean Vareilles stockte.

Ibara wartete geduldig.

»Der Ort, die Küche.«

»Der Tatort.«

»Genau. Raul würde das niemals dort tun.«

»Wie bitte?«

»Die Küche war für die beiden ein Heiligtum, verstehen Sie?«

Doch Ibara verstand überhaupt nichts, und Jean Vareilles schnalzte ungeduldig mit der Zunge. »Das wäre, als würde ein Priester jemanden in seiner Kirche umbringen. Könnten Sie sich das vorstellen? Ich meine damit, dass Raul Paola eher in einen anderen Raum gelockt hätte, wenn er ihr etwas hätte antun wollen. In den Keller, in den Gastraum, was weiß ich? Jedenfalls wäre die Küche der letzte Ort, an dem so etwas passieren würde.« Er brach ab.

Ibara hörte, wie sein Gegenüber nervös atmete. Er wusste nicht, was er darauf erwidern sollte. Jean Vareilles schien davon auszugehen, dass es sich um eine geplante, vorsätzliche Tat handelte. Wusste er mehr? Oder war es wirklich nur der Wunsch, sich für seinen ehemaligen Chef und dessen Unschuld auszusprechen?

»Señor Vareilles, ich bin sicher, Raul Fornier wird das zu schätzen wissen, dass Sie so für ihn eintreten. Und ich finde das ebenfalls sehr ehrenwert.« Er meinte das aufrichtig. »Aber bitte haben Sie Geduld und lassen Sie uns die Ermittlungen zu Ende führen. Wir werden den wahren Schuldigen finden, das verspreche ich Ihnen.«

Nach ein oder zwei Sekunden und einem weiteren tiefen Atemzug antwortete Jean Vareilles mit einem: »Ich danke Ihnen. Mehr wollte ich nicht.« Dann verabschiedete er sich.

Kopfschüttelnd wollte Ibara das Telefon gerade wieder in der Tasche verschwinden lassen, als ihm sein gestriger Ausflug mit Iturriko einfiel. Er rief ihn an.

»Störe ich?«

»Nicht, wenn es nicht zu lange dauert. Was kann ich für dich tun?«

»Hast du die Blutspritzer schon analysiert? Arbós hat sich nun wieder auf Raul Fornier als Täter eingeschossen. Er hat ihn heute Morgen verhaften lassen.«

»Ich bin gerade dabei, bis heute Mittag weiß ich mehr, und dann werde ich das dem Chef umgehend melden.«

»Das ist gut. Dann will ich dich auf keinen Fall weiter aufhalten.« Er verabschiedete sich.

Zamorra hatte inzwischen ebenfalls ihr Gespräch beendet und blickte zu ihm auf. »Wer war das?«

»Thierry Arriola, der Mann von der Spurensicherung. Und davor der Kellner vom *XoX*, dieser Vareilles. Er hat mitbekommen, dass wir Raul Fornier verhaftet haben, und hat für dessen Unschuld plädiert. Wobei ich nicht so ganz verstehe, warum er das tut.«

»Vielleicht, weil er seinen Chef mag und glaubt, er könnte ihn damit unterstützen.«

»Das erscheint mir etwas … dünn.«

»Mensch, Rafael, du bist doch sonst kein Typ, der immer vom Schlechtesten ausgeht. Im Gegenteil, wenn ein Mensch, der dir wichtig ist, verhaftet wird, würdest du nicht das Gleiche tun?«

Das würde er bestimmt, und hinzu kam, dass Vareilles ihm aus der Seele gesprochen hatte. Er wünschte sich für Raul Fornier, dass er möglichst schnell entlastet würde. Und hatte er nicht genau deshalb sofort danach mit Iturriko gesprochen, um die Angelegenheit zu beschleunigen?

Er wandte sich Zamorra zu. »Du hast recht. Wir verfolgen erst einmal unsere Idee weiter. Wenn die nichts ergibt, können wir uns immer noch Gedanken darum machen, ob – und wenn ja, wie – Jean Vareilles in diese Sache verwickelt ist.«

Sie nickte zufrieden. »Und bevor wir hier tatenlos herumsitzen, könnten wir noch einmal gezielter in den Bars und Restaurants herumfragen. Es wäre ja möglich, dass sich jemand nach den Rezepten erkundigt hat.«

»Dazu sollten wir aber warten, bis Mendoza etwas von Izguierres Erben gehört hat. Dann hätten wir zumindest einige Angaben über die Person, wie Alter und Geschlecht.«

»Haben wir schon.« Zamorra grinste breit und zeigte auf den Kopfhörer. »Das war der Chef. Er hat einen Freund bei der Stadtverwaltung erreicht. Unser Mann heißt Joseba de Pablo, ist Jahrgang 62 und lebt in Pamplona. Er ist ein Großneffe von Maria Izguierre.«

»Unglaublich, was so ein guter Freund doch ausmacht.« Ibara wäre am liebsten sofort losgegangen, doch sie mussten warten, bis Olea zurückkehrte. Ungeduldig wanderte er vor dem Tresen auf und ab, als sich über ihnen im ersten Stock eine männliche Stimme erhob.

»Casta, hörst du das?«

»Was denn? Moment, kommt das von oben? Wer brüllt denn da so herum?«

»Humpty Dumpty?«

Zamorra schnalzte verächtlich mit der Zunge. »Der Chef jedenfalls nicht. Sollte er das auch nur einmal machen, kündige ich sofort.«

»Ich auch.«

»Wer kündigt?« Olea kam mit einer großen Umhängetasche herein und brachte einen Schwall kalte Luft mit. Mitten in der Bewegung hielt sie inne, neigte den Kopf und lauschte. Dann humpelte sie kopfschüttelnd hinter den Tresen und ließ dort die Tasche fallen. »Der ist echt völlig durchgeknallt. Wenn ich mir vorstelle, ich hätte so einen Chef …«

»… dann würdest du sofort kündigen?«, ergänzte Zamorra und stand auf.

»Ja. Ach so, das habt ihr gerade gemeint. Na, wollen wir mal hoffen, dass der Kerl bald auf Nimmerwiedersehen verschwindet.« Olea umrundete den Empfangstresen und ließ sich sichtlich erschöpft auf ihren Platz fallen.

Zamorra warf sich ihre Uniformjacke über. »Komm, Rafael, schauen wir mal, was wir dazu beitragen können. Fährst du?«

Ibara rief Olea einen Abschiedsgruß zu und lief seiner Kollegin hinterher.

»Warum hast du es so eilig?«, fragte er, als er sie kurz vor seinem Auto eingeholt hatte.

Sie blieb stehen, schaute ihn ein wenig verdutzt an, als wunderte sie sich selbst über ihr Verhalten, und bedeutete ihm mit einer Geste, das Auto aufzuschließen.

»Das wächst mir gerade alles über den Kopf«, erklärte sie, als sie beide im Auto saßen und Ibara losgefahren war. »Zu Hause schreit mich mein Sohn an, hier ein übergewichtiger Typ, der meint, er wäre etwas Besseres, weil er ein Büro in Bilbao hat. Dabei hast du doch im Frühjahr den Mord an der jungen Frau aufgeklärt, nicht er.«

»Na ja, ganz so würde ich das nicht sagen.«

»Aber du hattest den größeren Anteil.«

»Vielleicht.«

»Jedenfalls frage ich mich, was wir hier tun. Mir erscheint das nicht abwegig, dass Fornier seine Freundin aus Eifersucht abgestochen hat.«

»Nur, dass wir wissen, dass er auch seine Abenteuer neben der Beziehung hatte. Die beiden waren sich darüber einig, dass sie sich beide ihre Freiheiten nehmen könnten.«

»Behauptet er.«

»Ich glaube ihm. Diese Nora García hat ja bestätigt, dass Paola Bescheid wusste.«

Zamorra brummte ein Zweifeln. »Wenn ein Mann etwas tut, ist das noch lange nicht dasselbe, wie wenn eine Frau etwas tut. Dazu gehört auch, mehrere Eisen im Feuer zu haben.«

»Mag sein. Aber Fornier macht nicht den Eindruck, als würde er wegen so etwas gleich gewalttätig werden.« Eigentlich hatte Ibara die übliche Belehrung erwartet, dass den Menschen so etwas nicht unbedingt anzusehen war, doch sie ging nicht darauf ein.

»Ich hätte Roberto jedenfalls den Hals umgedreht, wenn ich schon früher herausgefunden hätte, was er Backstage auf seinen Konzertreisen alles so treibt. Ich habe die dumpfe Ahnung, dass er sich da noch viel mehr – wie sagtest du? – Freiheiten herausgenommen hat.«

»Wenn ihr darüber gesprochen hättet, hättest du selbst entscheiden können, ob es für dich in Ordnung gewesen wäre. So, wie er es getan hat, hat er dich hintergangen.«

»Glaub mir, wenn erst einmal ein Kind im Spiel ist, ändert sich in dieser Hinsicht eine ganze Menge. Wäre das für dich in Ordnung gewesen, wenn Sofia außer dir noch andere Kerle gehabt hätte?«

»Ich weiß nicht.« Er dachte nach. »Ich glaube nicht. Aber das ist für mich inzwischen eine zu theoretische Frage. In meinem Leben zählen im Moment nur zwei Frauen, und das sind Isobel und Finia. Na gut, und ein paar Vierbeiner.«

Zamorra lachte leise.

Ibara witterte eine Chance. »Wie sieht es denn aus? Hast du dir überlegt, ob du zu uns auf den Hof ziehst? Muss ja nicht für immer sein. Finia hat erst gestern gesagt, dass sie mit der Vermarktung der Ferienwohnung noch nicht beginnen will.«

Statt einer Antwort wandte Zamorra den Kopf ab und betrachtete die vorbeiziehende Landschaft.

Die Stimmung war mit einem Schlag verdorben.

Ibara biss sich auf die Unterlippe und verfluchte sich dafür, dass er wieder eine Frage zu viel gestellt hatte. Sie empfand es als Almosen. Er wollte ihr nur das Leben ein wenig leichter machen, weil er die Möglichkeit dazu hatte. War das so verkehrt?

»Ich überleg's mir«, murmelte sie schließlich halblaut. »Bis zum Wochenende, okay?«

22.

»Und Sie sind ganz sicher, Señora?«, fragte Zamorra noch einmal.

Die Kellnerin, eine matronenhafte Spanierin um die sechzig, nickte energisch und schob eine graue Haarsträhne zurück hinters Ohr. »Wenn ich es Ihnen sage. Er kam jeden Freitag um kurz vor zwölf, bis zum Frühsommer. Vielleicht bis Juni? Genauer weiß ich das nicht mehr. Er hat immer bar bezahlt und ein üppiges Trinkgeld gegeben, heutzutage auch eher ungewöhnlich.«

»Was, das Trinkgeld oder die Barzahlung?«, hakte Ibara nach.

»Beides.« Sie lächelte vielsagend, als wollte sie ihn auffordern, sich in Bezug auf ein Trinkgeld ebenfalls hervorzutun.

»Und er hat die Speisen systematisch auf der Karte ausgewählt?«, wollte er wissen.

Sie nickte abermals. »Ja. Deshalb ist er mir ja im Gedächtnis geblieben. Wir haben viele Stammgäste, die einmal in der Woche kommen, das wäre nichts Besonderes. Aber der tauchte vor der Saison auf, hat jede Woche etwas anderes bestellt, sozusagen von oben nach unten.«

»Können Sie den Mann beschreiben? Wie alt, schätzen Sie, war er?«

Die Frau legte einen Finger ans Kinn und schielte aus den Augenwinkeln zu ihrer Kollegin, die ihr bereits vergeblich ein Zeichen machte, dass die Gäste am Nebentisch auf die Bedienung warteten.

»Nicht so einfach, weil er so … durchschnittlich aussieht. Etwa um die sechzig, grauer Schnauzbart, stämmig, ein wenig untersetzt. Kurze weiße Haare, meistens eine graue Baskenmütze.« Sie hielt inne. »Warten Sie, einmal hatte er eine dunkelrote an.« Sie unterbrach sich mit einem Lachen und begann, den Tisch, an dem Ibara und Zamorra saßen, mit einem Lappen zu wischen, obwohl sie das bereits getan hatte, nachdem sie sich niedergelassen hatten.

»Was ist so lustig an einer dunkelroten Baskenmütze?«, fragte Zamorra verwirrt.

Die Kellnerin richtete sich auf und winkte ab. »Nichts, natürlich. Ich dachte nur gerade, dass diese Beschreibung Ihnen nicht weiterhilft, oder? So sieht hier jeder dritte Kerl aus. Ich muss jedenfalls jetzt weiterarbeiten, vielleicht könnten Sie ein Foto auftreiben?«

»Ja, mal sehen. Vielen Dank jedenfalls!« Ibara wandte sich an Zamorra. »Sag jetzt nicht, dass das nicht interessant war.«

Sie stimmte zu. »Wir sollten uns aufteilen und gezielter nachfragen. Ein Mann, der regelmäßig kommt und die Speisekarte systematisch von oben nach unten durchprobiert. Das muss doch auffallen.«

»Wenn es etwas mit unserem Fall zu tun hat. Vielleicht ist das ein Foodblogger, der sämtliche Gerichte beurteilen will. Isobel sagte kürzlich, es gäbe kein Thema, zu dem sich nicht irgendwer im Internet äußert oder es bewertet, aber Mode, Make-up und Essen, das wären die ganz großen Themen.«

»Ein Foodblogger, der um die sechzig Jahre alt ist? Kann ja möglich sein, erscheint mir aber nicht sehr wahrscheinlich.«

Ibara lächelte zustimmend. »Dagegen ist unser Erbe, der Großneffe Joseba de Pablo, genau im richtigen Alter.«

»Du denkst also doch, dass er es ist?«

Ibara zog sein Portemonnaie hervor und legte das Geld für die Getränke auf den Tisch. »Ich würde mich noch nicht festlegen, aber die Möglichkeit besteht.« Er stand auf. »Wir tun jetzt genau das, was du gerade vorgeschlagen hast: Wir fragen gezielt nach diesem Mann. Wenn er in anderen Lokalen aufgetaucht ist, finden wir das heraus. Und dann erfahren wir hoffentlich auch, warum er sich durch die Speisekarten Getarias isst. Erst dann wissen wir, ob es uns weiterbringt.«

Sie verließen die *taberna*, die sich in der Nähe der Kirche San Salvador in die Ecke eines Hauses schmiegte und die eher zufällig ihr erster Anlaufpunkt gewesen war. Während Ibara sich mit dem klemmenden Reißverschluss seiner Daunenjacke abmühte, fiel ihm etwas auf. Er ließ von der Jacke ab und stellte sich mitten auf die *Kale Nagusia Kalea*.

Zamorra beobachtete ihn. »Was ist los?«

»Diese *taberna* ist die erste, an der wir vorbeikommen, wenn wir vom *XoX* aus in Richtung Zentrum gehen.«

»Ja, und?«

»Die Kellnerin sagte, der Mann wäre bis zum Frühsommer regelmäßig hier gewesen. Ich dachte nur gerade, dass er sich genauso systematisch durch Lokale entlang der Straßen hier gegessen haben könnte.«

»Möglicherweise. Dann gehe ich jetzt hier die Straße entlang, und du arbeitest dich durch die *Elkano Kalea.*«

»Einverstanden. Dann treffen wir uns in zwei Stunden an der Schnellstraße. Reicht die Zeit?«

»Wenn nicht, telefonieren wir zwischendurch.«

»Viel Erfolg!«

Ibara schaffte es endlich, die Jacke zu schließen, und bog in eine der verwinkelten Treppen rund um die Kirche ein, um zur *Elkano Kalea* zu gelangen. In den ersten beiden Bars hatte er kein Glück, doch beide boten auch eher Snacks zu den Getränken als richtige Mahlzeiten an.

Bei seiner dritten Station, einem kleinen, aber gehobenen Restaurant mit nur einer Handvoll Tischen, war das Gespräch dagegen fast wie ein Déjà-vu mit dem der Kellnerin.

Ein mit einem schwarzen Anzug und weißem Hemd gekleideter junger Kellner gab ihm bereitwillig Antwort. Offenbar langweilte er sich, denn es war kein einziger Gast anwesend. Ibara fragte sich insgeheim, warum das Restaurant tagsüber öffnete, aber das war jetzt nicht seine Sorge.

Aufmerksam hörte er sich an, was der junge Mann zu erzählen hatte: »Der Mann kam ab irgendwann im August jeden Freitagabend. Dem Alter nach könnte er einer dieser Frührentner sein, die sich über die Sommermonate eine Ferienwohnung mieten.« Der Kellner schmunzelte. »Als er am ersten Freitag im September wieder kam, habe ich noch zu meiner Kollegin gesagt, der hätte ein paar Wochen drangehängt, weil er mit der Karte noch nicht durch ist. Vier Gerichte fehlten ihm.«

»Können Sie ihn beschreiben? Frührentner, sagten Sie, wie alt schätzen Sie ihn genau?«

Die Antwort war ein unsicheres Schulterzucken. »Keine besonderen Kennzeichen. Vielleicht um die eins siebzig groß, kräftige Statur, weiße Haare, um die sechzig Jahre alt. Dem Akzent nach aus der Gegend, aber eine Wette würde ich darauf nicht abschließen, denn er hat nie sehr viel geredet.«

»Wie hat er bezahlt?«

»Jetzt, da Sie fragen: immer in bar und mit einem großzügigen Trinkgeld.«

Ibara bedankte sich zum Abschied und wollte sich schon abwenden, als der Kellner ihm zurief: »Warten Sie, mir fällt da noch etwas ein! Als wir zum Saisonende Anfang September die Karte umgestellt hatten, da wurde er ganz nervös. Ich dachte erst, das wäre, weil er jetzt durcheinanderkommt. Dabei ist die Karte mehr oder weniger dieselbe, wir nehmen nur ein paar herbstliche Gerichte hinzu. Sie wissen schon, Pilze und dergleichen. Jedenfalls hat er da einige Fragen gestellt, warum wir das machen würden und ob es wirklich keinen anderen Grund gäbe als nur die neue Saison.«

»Hat er selbst einen Grund für seine Fragen genannt?«

»Nein, tut mir leid, ich habe auch nicht nachgefragt. Mir wäre im Traum nicht eingefallen, dass es wichtig wäre, um der Polizei zu helfen. Ist der Mann verdächtig?«

»Das weiß ich nicht, aber es wäre möglich. Falls er noch einmal auftaucht, rufen Sie mich bitte an.«

Der Mann nahm Ibaras Visitenkarte entgegen und nickte eifrig. Ibara verabschiedete sich zum zweiten Mal und verließ das Restaurant, das ihn mit seinen leeren Tischen etwas melancholisch machte. Vermutlich bereiteten die Angestellten tagsüber nur das Geschäft für den Abend vor und hielten die Tür auf, um sich keinen Gast entgehen zu lassen, rechneten aber nicht ernsthaft damit, dass jemand kam.

Bei seinen weiteren Stationen erfuhr er zunächst nichts, was ihn weiterbrachte. Mit einem Blick auf die Uhr, die ihm verriet, dass er gerade noch ein Gespräch schaffen würde, bis er und Zamorra sich treffen wollten, betrat er die *taberna Bat-Zortzi-Hiru-Bost* der Familie Txurruka, die ebenfalls auf dieser Straße lag.

Pello begrüßte Ibara freundlich, als er sich an die Theke setzte. »Mein Vater hat sich wieder ein wenig beruhigt. Was kann ich für Sie tun?«

»Habt ihr in den letzten Monaten einen Stammgast gehabt, der sich systematisch jedes Mal ein anderes Gericht von der Karte bestellt hat? Ein stämmiger Mann um die sechzig.«

Pello runzelte verblüfft die Stirn. »Ja, hatten wir, ist allerdings schon einige Zeit her, das war Anfang des Jahres. Er kam immer freitagmittags, hat jedes Gericht und alle *pintxos* je einmal bestellt, und danach ist er nicht mehr wiedergekommen.«

»Und er hat bar bezahlt und großzügiges Trinkgeld gegeben«, ergänzte Ibara.

»Ja, darüber hat sich vor allem Jon sehr gefreut, der hat in den Winterferien ausgeholfen.« Pello lachte. Mit einer Drehung wandte er sich der Siebträgermaschine zu und servierte Ibara ungefragt einen *cortado*. »Geht aufs Haus.«

»Danke sehr.«

»Wäre das der Mann, den ihr sucht? Ich kann mich nicht mehr gut daran erinnern, wie er aussah, tut mir sehr leid.«

»Könnte sein. Ich kann noch nicht viel dazu sagen.«

»Verstehe schon. Also, wenn wir noch etwas tun können, sagen Sie einfach Bescheid.«

Ibara nickte dankend, trank den Kaffee in einem Zug aus und verabschiedete sich. Er war gespannt, was Zamorra zu berichten hatte.

*

Und er wurde nicht enttäuscht. Schon von Weitem grinste seine Kollegin ihn breit an und reckte beide Daumen in die Höhe. Gemeinsam schlenderten sie die *Kale Nagusia Kalea* zurück und setzten sich in ein Café, bestellten Wasser und *café*. Zamorra zückte ihr Notizbuch und schlug es auf einer eng beschriebenen Seite auf.

»Ich habe vier weitere Stationen unseres merkwürdigen Frührentners ausmachen können. Die erste hat er im Frühjahr jeden Donnerstagmittag besucht, danach ist er direkt zur *taberna* nebenan gewechselt und hat dort ungefähr bis Mitte oder Ende August zu Mittag gegessen. Ein drittes Restaurant hat er bis Mitte des Jahres Freitagmittag besucht, und ein viertes freitagabends ebenfalls bis August.«

Ibara nickte. »Für den Freitagabend ist er im Anschluss in die *Elkano Kalea* gewechselt, außerdem war er bei den Txurrukas.« Er schlug energisch mit der Faust auf den Tisch. »Also ganz ehrlich, das müsste doch mit dem Teufel zugehen, wenn das nichts mit dem Tod von Paola Ortiz zu tun hat.«

»Dieser Kerl taucht ungefähr sechs Wochen, nachdem Maria Izguierre gestorben ist, auf, das ist Ende November. Ihr Haus wird vom Erben im Laufe des Februars verkauft.«

»Woher weißt du das denn?«

»Von Mendoza, woher sonst?«

»Okay. Nicht schlecht, wirklich.«

»Wieso?« Zamorra schien nicht sicher zu sein, ob Ibara sein Lob ernst gemeint hatte.

Er lächelte aufrichtig. »Ich hätte nicht daran gedacht, dass diese ganze zeitliche Abfolge wichtig sein könnte. Aber das ist sie. Maria Izguierre stirbt vor knapp einem Jahr, im Oktober. Dieser Großneffe …«

»Joseba de Pablo.«

»Genau der hat sein Erbe ungefähr Mitte oder Ende November erhalten. Er weiß von dem wertvollen Rezeptbuch seiner Tante und durchsucht das Haus. Nachdem er es nicht findet, beginnt er, die umliegenden Restaurants abzuklappern. Und zwar Donnerstag- und Freitagmittag sowie Freitagabend.«

»Was ich offen gestanden nicht sehr geschickt finde«, warf Zamorra ein. »Diese Sache mit dem Trinkgeld, das fällt doch auf.«

»Na ja, er tut ja nichts Verbotenes. Vielleicht hatte er sogar gehofft, dass die Leute ihn auf diese Weise im Gedächtnis behalten. Er ist ein gern gesehener Gast, macht sich mit dem Trinkgeld beliebt und wirkt vertrauenswürdig. Könnte sein, dass er darauf spekuliert hat, auf diesem Wege etwas zu erfahren, wenn sich in Sachen Rezepte etwas ergibt.« Ibara erzählte seiner Kollegin davon, wie aufgeregt ihr gesuchter Mann geworden sei, als sich eine Speisekarte geändert hatte.

»Gut«, stimmte sie zu. »Er sucht also nach den Rezepten seiner Tante. Irgendwann im Laufe des Sommers verbreitet sich diese Geschichte vom *XoX* und von Paola Ortiz, deren Erfolg sich auf ein altes Rezeptbuch gründet, bei dem es sich angeblich um ein Familienerbstück handelt.«

»Und vor einer Woche geht er eines Abends zu Paola und trifft sie beim Kochen an. Er will die Rezepte, es kommt zum Streit. Er ersticht sie. Das alte Buch nimmt er mit.«

»Wir sollten prüfen, ob er vergangenes Wochenende bei seinen letzten Stationen aufgetaucht ist. Jetzt, da er das in die Finger bekommen hat, wonach er gesucht hat.«

Ibara nahm eine Papierserviette und zerriss sie in kleine, ordentliche Vierecke. Zamorra nippte schweigend an ihrem Wasser.

Er schob die Papierschnipsel mit dem Daumen zu einem Häufchen und lehnte sich zurück. »Angenommen, es hat sich alles so abgespielt. Was jetzt? Wie beweisen wir das?«

»Humpty Dumpty hat sich auf Fornier eingeschossen. Er wird keine weiteren Alternativen in Betracht ziehen, bis nachgewiesen ist, dass Paolas Lebensgefährte unschuldig ist – wenn dem so ist. Es ist ja nicht ganz abwegig, dass der wahre Täter schon in Untersuchungshaft sitzt.«

»Nein.« Ibara seufzte genervt. »Da hast du recht.« Er erwog, ihr von Iturrikos neuen Entdeckungen zu berichten, aber da war noch etwas anderes. Bei der Erwähnung der Untersuchungshaft war ihm etwas eingefallen, das sie noch nicht berücksichtigt hatten: »Selbst wenn wir das Rezeptbuch in Joseba de Pablos Besitz finden, beweist das noch gar nichts. Er wird behaupten, er habe es im Haus seiner Tante gefunden. Unsere gesamte Theorie hält auch nur stand, wenn es sich bei Paola Ortiz' Rezeptbuch auch wirklich um das Original handelt, für das so viel Geld geboten wurde. Wer weiß, am Ende gibt es doch zwei Sammlungen, und die, von der Raul Fornier weiß, ist wirklich ein Familienerbstück.«

Zamorra zog eine gequälte Grimasse. »Wenn das so ist, stehen wir wieder ganz am Anfang. Dann gibt es kein Motiv, keinen möglichen Täter, nur Verdächtigungen.«

»Also doch der eifersüchtige Lebensgefährte?«

»Der sich damit sein gesamtes Leben zerstört?« Ibara lachte ungläubig.

Zamorra ließ nicht locker. »Die gesamte Tat war weder methodisch geplant, noch ist sie rational erklärbar. Es war ein Affekt – wer auch immer zugestochen hat, dieser Person sind einfach die Sicherungen durchgebrannt. Mal ehrlich, wenn du einen Mord planen würdest, würdest du dann so eine Sauerei veranstalten? Im Gegenteil, du würdest dich doch bemühen, möglichst wenig Spuren zu hinterlassen, und die Leiche so entsorgen, dass sie so schnell niemand findet. Oder?«

»Ja, stimmt schon.« Ibara rieb sich nachdenklich das Kinn. »Und genau deshalb will mir Raul Fornier nicht ins Bild passen. Ich kann es mir einfach nicht vorstellen, vor allem nicht, dass er so kaltblütig wäre und am nächsten Tag den entsetzten Partner des Opfers spielt, indem er die halbe Nachbarschaft zusammenschreit. Und, um das Gedankenspiel zu Ende zu bringen: Ich würde mich bei der Planung auch um ein Alibi kümmern.«

»Ja.« Zamorra nagte an ihrer Unterlippe und starrte ins Leere. »Und jetzt?«, fragte sie schließlich.

»Wie lange hast du denn noch Zeit?«

Sie warf einen Blick auf ihr Smartphone. »Josh ist heute Nachmittag beim Musikunterricht. Die Mutter eines Freundes nimmt ihn mit.«

»Wir könnten noch ein wenig mehr herumfragen. Vielleicht bekommen wir noch eine genauere Beschreibung, die nicht auf jeden dritten Mann über sechzig passt. Wir könnten auch vorher versuchen, ein Foto von diesem Neffen aufzutreiben.«

Lustlos nickte Zamorra.

Sie bezahlten und traten hinaus auf die Straße. Ein eisiger Wind, der nach Meer und Winter schmeckte, fegte durch die eng stehenden Häuser und trieb Papierschnipsel vor sich her. Ibara zog den Reißverschluss seiner Jacke bis unters Kinn hoch. Er fror nicht leicht, doch das war kein angenehmes Wetter.

Sie entschieden sich, zunächst zur *Comisaría* zu fahren und in den behördlichen Datenbanken nach einem Foto zu suchen. Schweigend gingen sie in Richtung Hafen, wo sie ihr Auto abgestellt hatten. Sie waren noch nicht sehr weit gekommen, als Zamorras Telefon klingelte. Sie zog es hervor und rollte genervt mir den Augen, als sie sah, woher der Anruf kam.

»Der Kindergarten. Moment.«

Sie trat einige Schritte in den Eingang eines Geschäftes, um ungestört telefonieren zu können. Während Ibara sie müßig beobachtete, fiel ihm ein, was sie vergessen hatten: den anonymen Anruf, der Txurruka beschuldigt hatte. Wer steckte dahinter? Wenn ihre Theorie stimmte und der Erbe und Verkäufer des Hauses Paola Ortiz umgebracht hatte – hatte er auch etwas mit dem Anruf zu tun? Es erschien Ibara naheliegend, denn so hatte er die allgemeine Aufmerksamkeit auf Oscar Txurruka gelenkt. Aber warum ausgerechnet Txurruka?

Der noch unbekannte Mann um die sechzig hatte auch in der *taberna Bat-Zortzi-Hiru-Bost* die Speisekarte durchprobiert. Könnte er mit Pellos Vater ins Gespräch gekommen sein und erfahren haben, dass Oscar Txurruka mindestens eins der legendären Rezepte kannte? Hatte er ihn deshalb ausgewählt, um die Ermittlung in die Irre zu führen?

Je länger Ibara da im kalten Wind stand und fröstelte, desto plausibler erschien ihm sein Gedankengang. Und noch besser: Vielleicht war ihm gerade eine Idee gekommen, wie sie ihre Theorie beweisen und dem Mörder eine Falle stellen konnten.

23.

Es war wie so häufig in den letzten Wochen: Ibara musste mitansehen, wie Zamorra Hals über Kopf zum Kindergarten fahren und dann ihren Sohn einsammeln musste – dieses Mal auch dessen Freund, um die beiden dann beim Musikunterricht für Vorschulkinder abzuliefern. Soweit Ibara sich erinnern konnte, hatte die Schule sich bei ihm nicht so häufig gemeldet, ebenso wenig erinnerte er sich daran, dass die Vorschule oder die Kindergruppe furchtbar oft bei Sofia angerufen hätte. Die wenigen Male, die es passiert war, hatte sie davon erzählt, und dann war es auch wirklich dringend gewesen.

Woran lag das also? Hatten sich die Eltern und Erziehenden in den Einrichtungen geändert? Lag es daran, dass die Gesellschaft das heutzutage von einer Mutter erwartete und genau diese Leute, die solche Erwartungen hatten, früher ihn, den alleinerziehenden Vater, nicht behelligt hatten?

Es bedeutete jedenfalls, dass Ibara sich wieder allein auf den Weg gemacht hatte und nun mit Oscar Txurruka und seiner Tochter Pilar konspirativ an einem Tisch in deren *taberna* saß, während Pello sich um die Gäste kümmerte und seine Mutter die Küche in Schwung hielt.

»Ich weiß nicht«, meinte Pilar, nachdem Ibara seinen Plan erläutert hatte. »Dieser Neffe von Maria Izguierre wird es doch wissen, wenn er das originale Rezeptbuch in den Händen hält. Er wird es an der Schrift seiner Tante erkennen, an den Zutaten, an dieser Kladde oder dem Heft, was immer es genau war.«

»Das stimmt schon«, musste Ibara zugeben. »Aber ich gehe davon aus, dass er dennoch neugierig genug ist, sich hierher zu begeben, wenn ihr behauptet, dass ihr das Buch habt. Er wird wissen wollen, was ihr wisst und was ihr besitzt, vor allem, wenn wir es so machen, wie ich vorgeschlagen habe: eine exklusive Veranstaltung, zu der nur wenige ausgewählte Gäste eingeladen werden. Nichts ist spannender als eine geheime Verabredung.«

»Ich habe noch nicht verstanden, wie er davon erfahren soll«, meinte Oscar.

»Indem Sie es Ihren Stammgästen unter dem Siegel der Verschwiegenheit erzählen. Glauben Sie mir, das wird schnell seine Kreise ziehen.«

»Das stimmt schon.« Oscar nickte. »Ein Geheimnis ist keines mehr, sobald zwei Personen davon wissen, gerade hier in dieser kleinen Stadt. Allerdings wohnt Ihr Verdächtiger in Pamplona.«

»Er muss Kontakte, alte Freunde hier haben. Wir wissen, dass er sich donnerstags und freitags regelmäßig in Getaria aufgehalten hat.«

Oscar schien immer noch nicht überzeugt zu sein, nickte dieses Mal zögerlicher.

»Das Schlimmste, was uns passieren kann, ist doch, dass nichts passiert«, fügte Ibara hinzu. »Dann sind wir genauso schlau wie vorher und überlassen Hump… Comisario Arbós die weitere Ermittlung.«

Pilar ergriff die Hand ihres Vaters. »Aber was, wenn Papa sich damit erneut selbst in die Schusslinie bringt? Sie vermuten ja, dass das Rezeptbuch das Motiv ist. Wenn Papa behauptet, es zu besitzen, wird er doch wieder verdächtigt.«

»Ich kläre das mit Subcomisario Andoni Mendoza ab, er wird über alles informiert und eingeweiht sein. Was den Kollegen aus Bilbao anbelangt, hält der die Vermutung, der Täter könne es auf das Rezeptbuch abgesehen haben, inzwischen für lächerlich. Und er neigt nicht dazu, so schnell seine Meinung zu ändern. Er hat sich auf das Motiv Eifersucht festgelegt.«

Oscar schüttelte ungläubig den Kopf. »Vermutlich sind es ja meistens die gleichen alten Beweggründe, aus denen ein Mann zum Täter wird …«

»… oder eine Frau zur Täterin«, warf Pilar ein.

»Meinetwegen auch das. Jedenfalls habe ich diesen Idioten von Comisario kennengelernt, und ich bin sicher, dass Raul Fornier sich nichts hat zuschulden kommen lassen. Hier macht es sich jemand zu einfach und sucht einen neuen Sündenbock, nachdem er mich nicht in der U-Haft behalten durfte.«

Pilar stützte ihre knochigen Ellbogen auf den Tisch. »Mir erscheint die gesamte Idee ziemlich … riskant.«

Ibara lächelte sie freundlich an. »Da gebe ich Ihnen absolut recht. Aber irgendwie müssen wir Joseba de Pablo in eine

Situation manövrieren, bei der er sich als Täter zu erkennen gibt – am besten, indem wir ihm mit einem Rezeptbuch zuwinken, von dem er sich überzeugen wollen wird, dass es nicht das ist, wonach er sucht. Ihr Vater …«, er nickte Oscar Txurruka zu, »… ist immerhin derjenige, der mit einem anonymen Anruf verleumdet wurde.«

»Und das muss der Täter gewesen sein«, erklärte Txurruka grimmig. »Er wollte eine falsche Spur legen, alles andere ergibt doch gar keinen Sinn.«

»Richtig. Er hat Sie ausgewählt, weil er wusste, dass Sie Rezepte haben. Sie könnten im Besitz weiterer sein. Genau deshalb sind Sie am besten dazu geeignet, diese Falle zu stellen.«

Pilar rieb sich mit Daumen und Zeigefinger über die Augen. »Ja, stimmt schon. Wo ein Rezept ist, könnten mehrere sein. Trotzdem, mir gefällt die ganze Sache nicht.«

»Abgesehen davon, haben Sie eine bessere Idee?«

»Nein. Ganz im Gegenteil, ich habe überhaupt keine Idee.«

Oscar schlug mit den flachen Händen auf die Tischplatte und erhob sich. »Dann ist es jetzt beschlossen. Sie haben ja recht, Señor Ibara, wenn nichts dabei herauskommt, haben wir nichts verloren, aber immerhin ein wenig Spaß gehabt. Und ein paar Leute ein gutes Essen, denn da werde ich mich nicht lumpen lassen, auch ohne Marias legendäre Rezepte!«

SONNTAG, 21. SEPTEMBER

24.

Ibara stellte sich seitlich vor den Garderobenspiegel und betrachtete die Gestalt, die ihm gegenüberstand. Sollte er doch eine Krawatte umbinden? Oder war im Gegenteil das weiße Hemd mit den Manschettenknöpfen zu dem schwarzen Anzug schon zu viel? Er sah streng aus, als wäre er auf dem Weg zu seiner eigenen Beerdigung.

»Don Rafael Ibara García, wollen Sie heiraten?«

Lachend wandte er sich seiner Tochter zu. »Zu streng, oder?«

Mit einem kritischen Blick legte sie den Kopf schief. »Ja. Nimm lieber ein blaues Hemd. Das weiße ist drüber.«

»Drüber?«

»Zu streng, zu steif. Wir gehen doch nur essen.«

Ibara streifte geistesabwesend das Jackett ab und ging die Treppe hinauf, um ein anderes Hemd anzuziehen. Dabei dachte er schmunzelnd darüber nach, dass Isobel selbst nicht gerade nach sonntäglichem Mittagessen, sondern eher nach Abschlussball aussah. Sie trug einen bauschigen knielangen Rock aus dunkelrotem Glitzerstoff, dazu eine rosa Rüschenbluse. Ibara fand es gewagt, rosa mit rot zu kombinieren, doch er hütete sich, darüber ein Wort zu verlieren.

Was wusste er schon von der heutigen Mode und den gültigen Farbkombinationen? Er müsste allerdings lügen, wenn ihn das Outfit seiner Tochter nicht sehr an die Achtziger erinnerte. Nur die Schulterpolster fehlten, ansonsten könnte Isobel direkt dem Cover einer *Bravo* entsprungen sein, die damals in seinem Zimmer herumgelegen hatte. Auch die Frisur: toupiert mit weiteren Glitzerutensilien, so hatte doch Kim Wilde ausgesehen?

Egal. Er nahm ein tiefblaues Hemd aus dem Schrank, lief die Treppe wieder hinunter und hielt zum zweiten Mal vor dem Spiegel. Ja, das war besser.

»Kommt ihr?«, rief er in Richtung Küche.

Finia trat in den Flur und kramte leise vor sich hin murmelnd in ihrer Handtasche. Sie trug einen zeitlosen grauen Rock unter einem dunkelroten Samtblazer, der auffällig gut zu Isobels Rock passte. Ibara lächelte bei sich. Die beiden hatten ganz offensichtlich wieder zueinandergefunden.

Er half Finia in ihren Wollmantel und nahm die Autoschlüssel von einer Ablage. »Fertig?«

»Bereit, wenn Sie es sind, *Sir*!«, rief Finia übermütig. Die Aussicht auf dieses konspirative Mittagessen machte ihr Spaß.

Ibara drückte die Fernbedienung des Seat und wartete, bis die beiden sich geeinigt hatten, wer vorne sitzen würde. Ihm war wesentlich weniger wohl in seiner Haut, denn wenn sein Plan funktionierte, würden sie einen Mann anlocken, der eine Frau auf brutale Weise abgestochen hatte. Da wollte er eigentlich weder seine Tochter noch seine Schwiegermutter in der Nähe wissen. Aber nachdem die beiden erst erfahren hatten, was er und die Txurrukas planten, ließen sie sich nicht davon abhalten, mitzukommen. Schließlich würde die gesamte *taberna* voller Gäste sein, hatten sie argumentiert, und außerdem hatten sie mit der gesamten Sache nichts zu tun, sie wären nur die Deko – Isobels Wortwahl –, um Ibaras Tarnung als Gast glaubwürdiger zu machen. Zähneknirschend hatte er schließlich nachgegeben.

Er wollte gerade losfahren, als ihm noch etwas einfiel. Mit einem »Was vergessen« lief er in weiten Sätzen zurück ins Haus und ins Schlafzimmer. Dort öffnete er einen Safe, der unauffällig hinter dem Kleiderschrank in die Wand eingelassen war. Dort ruhte seine Dienstwaffe, die er so gut wie nie bei sich trug. Heute würde er eine Ausnahme machen. Er ließ das Magazin einrasten und steckte zur Sicherheit ein zweites ein. Zu blöd, dass er kein Schulterholster hatte, aber das Jackett war zum Glück lang genug und verdeckte die Waffe am Gürtel, solange er keine ausladenden Armbewegungen machte. Das musste genügen.

Isobel schaute ihn neugierig an, als er wieder ins Auto stieg, doch er sagte nichts. Um kurz nach zwölf bogen sie in die *Portua Kalea* ein und fanden einen Parkplatz direkt an der Straße. Es war kalt, aber sonnig. Während Ibara darauf wartete, dass Finia ausstieg, betrachtete er das türkisgrüne Meer unter dem blassblauen Himmel. Einzelne Wolken trieben umher wie eine Herde Schafe, die gemächlich von einem Grasbüschel zum nächsten zog. Die Luft roch nach Salz und Seetang.

»Können wir?« Isobel zupfte ihn am Ärmel, und er legte ihr den linken Arm über die Schultern. Normalerweise ließ sie das nicht gern zu, jetzt aber lehnte sie sich an ihn, als wollte sie Schutz suchen. Ibara steckte die andere Hand in die Tasche seines Jacketts und tastete unauffällig durch das Innenfutter nach der Waffe. Er mochte sie nicht, aber sie war Teil seines Berufes, und es würde ihm im Traum nicht einfallen, die regelmäßig angeordneten Trainingsstunden auf dem Schießstand in Zarautz zu versäumen.

Auf den Straßen in der Stadt war es ruhig. Nur wenige Paare oder kleine Gruppen schlenderten umher, blieben an den Schaufenstern stehen oder rauchten vor einem Restaurant, bevor sie es betraten. An der Tür zur *Bat-Zortzi-Hiru-Bost* hing ein Schild mit der Aufschrift »Heute geschlossene Gesellschaft«. Ibara klopfte.

»Kein geheimes Klopfzeichen?« Grinsend strich Isobel sich den Rock glatt.

»Jetzt sei nicht albern, Señorita.«

Die Tür wurde von innen geöffnet, und Jon winkte sie herein. Staunend schaute Ibara sich um. Der gesamte Essbereich war in ein diffuses Licht getaucht und gut zwei Drittel der Tische zu einer einzigen langen Tafel quer durch den gesamten Gastraum zusammengeschoben worden. Die übrigen Tische standen an der langen Wand gegenüber der Theke und waren mit noch leeren großen Ständern für Schüsseln und Servierplatten bestückt. Ibara vernahm über dem Duft nach Meeresfrüchten und Knoblauch aus der Küche auch den Geruch der Gaskartuschen unter den Warmhalteplatten.

Auf der Theke warteten reihenweise Sektgläser mit roséfarbenem *cava* auf die Gäste, von denen bisher erst ein gutes Dutzend mit Gläsern herumstand und sich unterhielt.

»*Kaixo*, Señor Ibara. Na, was sagen Sie? Das wird heute ein großes Fest.« Oscar Txurruka kam ihnen mit ausgestreckten Händen entgegen und schüttelte eifrig Ibaras Rechte.

»Ich bin beeindruckt! Sie scheinen in wenigen Tagen einiges auf die Beine gestellt zu haben.«

Der Hausherr breitete die Arme aus und drehte sich einmal um die eigene Achse. »Sie werden sich wundern, und Sie werden begeistert sein! Ich habe mir gründlich Gedanken gemacht. Ich will kein formelles Essen, sondern eine Party – Geselligkeit, Essen unter dem Banner der Freundschaft, verstehen Sie? Wie ein Grillfest, ungezwungen, die Menschen sollen miteinander Spaß haben und ins Gespräch kommen. Ein wenig Sonnenschein auf den Tellern, während draußen unbemerkt die dunkle Jahreszeit vorbeizieht.«

Pilar war näher getreten und hatte die letzten Worte ihres Vaters mitbekommen. Sie grinste hinter dessen Rücken. »Papa, der Poet. Bravo!« Amüsiert klatschte sie in die Hände.

Ibara wandte sich an Finia und schob Isobel in ihre Richtung. »Sucht schon mal gute Plätze aus. Und Isobel, kein Sekt für dich!«

»Aber ich bin sechzehn! Ich darf doch!«

»Ach ja.« Hilflos schaute er zu seiner Schwiegermutter, die nur abwinkte. »Soll sie ein Glas trinken.«

Er wartete, bis Finia Isobel vor sich her in den hinteren Bereich geschoben hatte, wo er auch Jon entdeckte, der mit einem Küchentuch Besteck polierte. Dann wandte er sich an Pilar, denn deren Vater war bereits wieder Richtung Küche verschwunden.

Sie lächelte, und es wirkte etwas verlegen. »Mein Vater macht keine halben Sachen. Kaum waren Sie weg, hat er überall – unter dem Siegel der Verschwiegenheit, versteht sich – herumerzählt, dass er ein neues Konzept ausprobieren wollte und dazu achtzig Einladungen verteilen würde. Und der Tag war noch nicht vorbei, da hat er aus der ganzen Sache richtig ernst gemacht und angefangen zu planen. Ein exklusives Mittagessen, Zutritt nur gegen Einladung. Ein Überraschungsbüfett mit allem, was die Region hergibt, nach *exklusiven Rezepten.*« Bei den letzten Worten malte sie Anführungszeichen in die Luft. »Sie können sich nicht vorstellen, wie viele Leute seit Freitag hier waren und hinter vorgehaltener Hand nach einer Einladung verlangt haben! Die Idee könnte sogar aufgehen. Das heutige Essen soll eine Werbeveranstaltung sein, und wenn es die Gäste anspricht, plant er, das einmal im Monat gegen einen angemessenen Preis zu wiederholen, mindestens über den Winter. Was denken Sie?«

»Ich finde, dass Ihr Vater ein cleverer Geschäftsmann ist. Zu einem guten Essen gehört auch immer etwas Show. Keine Ahnung, ob die Leute sich freiwillig mit Wildfremden an den Tisch setzen, aber es ist auf jeden Fall etwas Ausgefallenes und macht ganz sicher neugierig.«

»Natürlich sind wir bei der Geschichte geblieben. Heute werden seine neuesten *pintxos*-Kreationen serviert, die er aus einem alten wiederentdeckten Fundus an Rezepten kreiert hat. Vor allem Jon hat in seiner Schule und im Sportverein ein großes Gewese daraus gemacht, wie peinlich er die Sache angeblich findet, weil sein Vater deswegen erst verhaftet worden war und jetzt die Sache für sich ausschlachtet. Ich bin sicher, dass seine gesamte Schule davon weiß.«

Ibara nickte beeindruckt. Und wenn es die Schülerinnen und Schüler wussten, dann auch die Lehrkräfte, die Mitglieder weiterer Sport- oder Musikvereine, sogar die Angestellten, die sich um das Schulessen oder die Grünanlagen kümmerten. So etwas sprach sich herum.

Pilar beugte sich vertraulich ein wenig näher. »Was ich dazu am faszinierendsten finde: Die Informationen wurden fast ausschließlich von Mund zu Mund weitergegeben. Offenbar hat sich kaum jemand getraut, es in den sozialen Medien zu posten. Es gibt ein paar Andeutungen, mehr aber auch nicht. Das war, muss ich gestehen, meine größte Sorge: Dass jemand ein Event bei Facebook einstellt und wir dann hier Hunderte Leute vor der Tür stehen haben. Aber offenbar gibt es ein menschliches Bedürfnis, Geheimnisse hinter vorgehaltener Hand zu verbreiten.«

Zum Glück. Wenn Ibara ehrlich war, hatte er diese Möglichkeit gar nicht in Betracht gezogen. Er hätte sich instinktiv ebenfalls auf die analoge Verbreitung konzentriert, weil ihm das bei einem Verdächtigen Anfang sechzig erfolgversprechender erschienen wäre. Wie sie eine Verbreitung über Social-Media-Kanäle verhindert hätten oder dass es überhaupt nötig wäre, darüber nachzudenken, das wäre ihm nicht eingefallen.

Zamorra erschien, ihr Anblick in schwarzer Jeans und einer bunten Tunika von *Desigual* unvertraut. Sie wirkte nervös, und nachdem Ibara einen *café* und eine Flasche Wasser mit mehreren Gläsern an der Theke geholt hatte, setzten sie sich zu Finia und Isobel.

»Du hast deine Dienstwaffe dabei?«, flüsterte Zamorra ihm zu.

»Ja. Du nicht?«

»Nein, wie denn? Ich kann sie kaum in den BH stecken. Aber ich habe ein paar Kabelbinder in der Hosentasche.«

»Fällt es sehr auf?«

»Nein, ich hab's nur zufällig bemerkt. Außerdem habe ich einen anderen Blick auf meine Umgebung, ich weiß, worauf ich achten muss.«

Ibara seufzte und trank den *café* aus. »Die unangenehmen Seiten unseres Berufes: Wir halten ständig Ausschau nach den Dingen, die verdächtig sind, und wer das einmal drin hat, wird es nie wieder los.«

Zamorra lächelte. Jetzt fiel Ibara sogar auf, dass sie einen unauffälligen Lippenstift trug. »Es gibt Schlimmeres. Und da, wo wir besser genauer hingucken sollten, verschließen wir dann doch die Augen.«

»Du meinst Roberto.«

»Ja. Ich hätte etwas bemerken können – aber vergiss es. Es ist vorbei.«

»Wo hast du Josh untergebracht?«

»Bei seinem Freund. Den mit der Mutter, die die beiden Jungen eigentlich am Mittwoch zum Musikunterricht hätte bringen sollen. Die war mir was schuldig.«

»Verstehe.«

Sie lachten. Ibara bemerkte, dass ihm ihre Gesellschaft gefiel. Sie schien ungezwungener zu sein. Ob es daran lag, dass sie keine Uniform trug? Vergeblich versuchte er, sich zu erinnern, wann er sie das letzte Mal in Zivil gesehen hatte. Das musste lange her sein.

»Hast du noch einmal mit Fornier gesprochen?«, fragte Zamorra.

»Ich war am Freitag bei ihm. Er hat sich zu einem Kumpel in Zarautz verkrochen.« Ibara verzog zerknirscht den Mund. »Ich kann nicht behaupten, dass er gut auf mich zu sprechen war, schließlich habe ich ihm geraten, sich zu stellen. Und auch wenn er dank Iturrikos Entdeckung direkt am Mittwoch wieder aus der Haft entlassen worden ist, kann ich verstehen, dass er sich jetzt ziemlich mies fühlt.«

Die Spurensicherung hatte im Laufe des Nachmittags Ergebnisse geliefert, nach denen sie sich auf eine verdächtige Person festlegten, die maximal ein Meter achtzig groß war. Die Spritzer an der Abzugshaube in der Küche, bei denen es sich zweifelsfrei um Blut von Paola Ortiz handelte, befanden sich in einem Winkel, nach dem Raul Fornier – oder eine andere Person seiner Größe – unmöglich der Täter gewesen sein konnte. Darüber hinaus hatte die schnelle Reaktion der Richterin gezeigt, dass sie wenig von Arbós' Theorie des Eifersuchtsdramas hielt. Vermutlich hätte es auch ohne

Iturrikos neue Erkenntnisse nicht sehr lange gedauert, bis Raul wieder entlassen worden wäre. Ibara war darüber sehr erleichtert. Das System funktionierte aller Unkenrufe zum Trotz eben doch.

Jetzt konnten sie nur noch abwarten, ob der mögliche Mörder von Paola Ortiz auftauchte. Ibara und Zamorra hatten inzwischen eine ausführlichere Personenbeschreibung von Joseba de Pablo bekommen, nur leider kein Foto. Aber sie würden auch nach anderen Verdächtigen Ausschau halten. Wenn es etwas zu finden gab, würden sie es finden. Nervös streckte Ibara sich.

Es konnte losgehen.

25.

Die *taberna* füllte sich im Handumdrehen mit einer fröhlich plaudernden Menge. Ibara stellte fest, dass Txurruka eine verdammt gute Idee gehabt hatte: Der lange Tisch und das Büfett führten dazu, dass die Menschen ständig in Bewegung waren, aßen und tranken, ihre Gesprächspartner wechselten. Ibara und Zamorra konnten völlig ungeniert alles beobachten. Er war erstaunt, wie viele Menschen er zumindest vom Sehen her wiedererkannte. Da war Jago, der Verkäufer, mit dem sie in den ersten Tagen gesprochen hatten und der als Erster die Theorie aufgebracht hatte, der Täter wäre unter den Besitzern der Restaurants zu finden.

»Guck mal, da ist auch diese Clique Kartenspieler«, raunte Zamorra ihm zu. Sie hatte recht, alle vier Männer, die aussahen, als wären sie einem Postkartenmotiv entsprungen, waren ebenfalls unter den Gästen. Ibara hatte von den dreien mit Schnauzer den ein oder anderen in den letzten Tagen wiedergesehen, das wusste er sicher. Aber wenn er hätte sagen müssen, welchen? Keine Chance. Und dazu passten alle vier sowohl vom Alter als auch von der Beschreibung her auf Joseba de Pablo. War er einer von ihnen?

Ibara und Zamorra mischten sich unter die Leute, schlenderten das Büfett entlang und füllten sich die Teller mit den kalten Vorspeisen. Immer wieder tauschten sie kurz Informationen aus, wobei Ibara feststellte, dass er mit seinen fehlenden baskischen Sprachkenntnissen klar im Nachteil war. Doch auch seine Kollegin schnappte zunächst nichts auf, was sie weiterbrachte, obwohl der Mord an Paola Ortiz immer noch einen Großteil der Gesprächsthemen ausmachte.

»Und?« Ibara erwartete Zamorra mit einem leeren Teller am Tisch. Isobel und seine Schwiegermutter hatten sich zu Bekannten von Finia gesellt.

Zamorra wirkte unzufrieden. »Ich dachte vorhin, ich hätte etwas, oder besser gesagt jemanden. Siehst du da vorne den Mann mit dem schwarz-rot karierten Hemd? Der hat sich ziemlich lang und breit über ein Rezept für die angeblich originalste Tortilla ausgelassen. Dann aber stellte sich heraus, dass er ein Verwandter von Txurruka ist. Der, wenn ich Pilar glauben soll, noch nicht einmal gut kochen kann, aber für sein Leben gern Kochsendungen schaut. Völlig unverdächtig.«

»Wo ist denn Pilar?«

»Gute Frage.« Sie erhob sich etwas und schaute sich suchend um. »Zuletzt war sie bei den Kartenspielern. Von denen fehlt auch ein Schnauzbart. Kann Zufall sein.«

Die Antwort bekam Ibara schneller, als ihm lieb war. Im gleichen Moment winkte Pello ihn zu sich an die Theke und raunte ihm zu, sowohl Pilar als auch sein Vater wären nicht aufzufinden.

»Pilar ist vorhin mit einem älteren Mann verschwunden und noch nicht zurück. Und Papa wollte nur schnell Olivenöl aus dem Lager holen und ist seitdem auch wie vom Erdboden verschluckt.«

»Seit wann ungefähr?« Ibara fing über die Köpfe der Menschen hinweg Zamorras Blick ein und machte ihr ein Zeichen.

»Pilar? Keine Ahnung, vielleicht zwanzig Minuten? Ohne Öl kann Mama nicht weiterkochen, sie wartet händeringend.« Er wirkte besorgt.

»Wo ist das Lager?«

»Die kleine Tür im Durchgang zur Küche. Ein längerer Gang, noch eine Tür zu einem Zwischenflur, dann links der Kühlraum, rechts das normale Lager. Die Tür geradeaus führt nach draußen auf die Nebenstraße.«

Ibara winkte Zamorra zu und marschierte in die beschriebene Richtung. Die kahle Glühbirne im Gang dahinter flackerte. Schon von der Tür aus konnte er lautstarke Stimmen hören, und er zog seine Waffe. Rasch durchquerte er den Gang, Zamorra folgte ihm auf den Fersen.

Lautlos öffnete er die Tür zum Zwischenflur und lugte durch den Spalt. Wütendes Geschrei ertönte von rechts. Ibara erkannte Oscar Txurruka, der laut und stakkatoartig auf Baskisch auf jemanden einsprach. In seiner Stimme lag ein Zittern, er schien der Panik nahe zu sein.

Ibara schaute fragend zu Zamorra. Sie trat einen Schritt näher. »Streit, das hörst du ja selbst. Es geht um die Rezepte.«

Ein Mann brüllte, Ibara und Zamorra zuckten beide zusammen. Txurrukas Tonfall wurde flehentlich. Jemand lachte.

Lautlos schob Ibara die Tür Stück für Stück auf und betrat den dunklen Zwischenflur. Licht fiel durch einen Spalt aus der Tür zum Lagerraum rechter Hand.

Zamorra folgte ihm. Sie tippte ihm auf die Schulter, und er beugte sich zu ihr. »Ich glaube, er hat Pilar in seiner Gewalt«, wisperte sie ihm ins Ohr.

Ibara verspürte einen Knoten in der Magengrube. Er lugte durch den Türspalt und erkannte Txurruka, der auf der rechten Seite des Raumes stand und soeben beschwichtigend die Hände erhob. Er redete immer noch hastig, jedoch nicht mehr so laut. Weder sein Gegner noch Pilar waren in Ibaras Sichtfeld, sie mussten sich von der Tür aus gesehen links befinden.

»Wir müssen da rein, er will Pilar töten«, zischte Zamorra plötzlich. Sie versuchte, sich an Ibara vorbeizudrücken.

Ibara zögerte nicht länger und stieß die Tür mit einem Ruck auf. Sie knallte mit Wucht gegen die Wand. Ibara sprang in den Raum. Er spürte die Bewegungen seiner Kollegin hinter seinem Rücken. Sie folgte ihm auf dem Fuße.

Mit einem Blick erfasste Ibara die Lage. Der Raum war viel kleiner, als er erwartet hatte, er maß höchstens zwanzig Quadratmeter. Vor einem Regal, in dem sich Konserven und Vorratsgläser stapelten, stand ein Mann. Es war wirklich einer der Kartenspieler, er hielt Pilar in einer Umklammerung und drückte ihr ein Messer an die Kehle. Zugleich hielt er Txurruka mit wilden Drohungen ungefähr auf zwei Meter Abstand. Der wagte es nicht, seine Tochter zu gefährden, und krallte stattdessen die Finger in den Deckel eines Holzfasses, als würde er es am liebsten auf seinen Gegner werfen. Sein Gesicht war von ohnmächtiger Wut verzerrt.

Ibara hob die Waffe. »Polizei! Messer runter!«

Zamorra hielt sich kampfbereit direkt hinter ihm.

Der Mann lachte auf, es klang genervt. Er drückte das Messer fester an Pilars Hals – in dem Moment trat ihm die junge Frau mit voller Wucht auf die Zehen, und der Mann schrie überrascht auf. Pilar riss die Hände hoch und stemmte sich mit ihrem gesamten Gewicht gegen den Arm, der das Messer hielt. Ibara dachte nicht weiter nach. Er stieß Oscar Txurruka zur Seite und war mit einem großen Schritt vor dem Angreifer sowie dessen gar nicht so wehrlosem Opfer, packte den Mann am Handgelenk und zog ihn mit Schwung von der jungen Frau weg. Sie duckte sich, trat noch einmal nach dem Mann, der zischend einatmete und sie losließ. Zugleich versuchte er, mit der freien Hand Ibara zu fassen zu bekommen. Doch der war schneller: Mit einer gezielten Bewegung schlug er den Kolben der Pistole gegen die Schläfe des Mannes, der daraufhin zu Boden sank. Das Messer entglitt seinen Fingern. Ibara stellte einen Fuß darauf und versicherte sich, dass der Mann bewusstlos war. Dann erst hob er das Messer auf und steckte seine Waffe zurück an seinen Gürtel.

Ibara blies die Backen auf. Jetzt erst bemerkte er seine eigene Anspannung, die ihn allmählich verließ. »Casta, sagtest du, du hast Handschellen?«

»Ich sagte, ich habe Kabelbinder, die tun es genauso gut.« Grimmig trat sie vor, zerrte dem Bewusstlosen die Hände auf den Rücken und zog zwei Stränge Kabelbinder fest.

»Kabelbinder?«, fragte Pilar fassungslos.

»Ist ziemlich üblich«, erklärte Zamorra, ohne von ihrem Tun aufzusehen. »Sind kleiner und damit leichter in den Taschen unterzubringen. Gerade wenn wir mehr als zwei paar Handschellen brauchen, sind sie sehr nützlich. So schnell kriegt die Dinger niemand auf, für die Fahrt bis zur Wache reicht das normalerweise.« Sie ließ den Mann los und trat einen Schritt zurück. »Ist er das? Joseba de Pablo?«

»Ja, das ist er, ich kenne ihn«, Oscar Txurrukas Stimme zitterte noch immer. Er zog seine Tochter an sich und umarmte sie. »Ich wusste nicht, dass er ein Verwandter von Maria ist, noch dazu ihr Erbe. Er und seine Freunde treffen sich regelmäßig jeden Donnerstag zum Kartenspielen.«

»Und er hat jeden Freitagmittag bei uns gegessen«, ergänzte Pilar. Sie befreite sich aus der Umarmung. »Jedes Mal ein anderes Gericht, bis er die gesamte Karte durchhatte.«

»Wirklich?« Ihr Vater war verblüfft.

»Ja. Du kannst Pello fragen. Du bist ja freitagmittags immer beim Großhändler.«

»Vielleicht wusste er das und hat deshalb den Freitag gewählt«, meinte Zamorra.

Der Bewusstlose regte sich und stöhnte. Ibara fasste ihn an den Oberarmen und zog ihn mit einem Ruck in eine sitzende Position. »Das kann er uns ja auch alles selbst erzählen.« Er tätschelte de Pablo die Wange. Als der nicht reagierte, schlug er ein wenig kräftiger zu. Das brachte ihn endlich wieder zur Besinnung.

»Sie haben offensichtlich schnell ein Messer zur Hand. Haben Sie uns vielleicht etwas zu sagen?«

De Pablo riss an seinen Händen, die hinter seinen Rücken gebunden waren, und verzog schmerzhaft das Gesicht, weil ihm die Kabelbinder in die Haut schnitten. »Ganz sicher nicht.«

Pilar starrte ihn böse an. »Er hat mir aufgelauert. Er wollte mich als Geisel nehmen, damit Papa die Rezepte rausrückt.«

Txurruka hob die leeren Handflächen. »Die Rezepte, die es gar nicht gibt. Beziehungsweise die Rezepte, die Sie längst besitzen.«

De Pablo wandte den Kopf ab und schwieg.

Ibara konnte ihm ansehen, dass der Mann sich im Moment vor allem über sich selbst ärgerte – weil er nicht daran geglaubt hatte, dass er die richtigen Rezepte seiner Großtante bereits in der Hand hielt, sondern ein Rest Unsicherheit entstanden war, als er davon hörte, wie Txurruka behauptet hatte, er besäße noch mehr. Weil er sichergehen wollte, dass niemand anderes ein Stück vom Kuchen abbekam.

»Casta, kannst du einen Wagen anfordern?«

»Na klar, mach ich.«

»Und Pello sagte, es gäbe einen Hinterausgang?«, wandte Ibara sich an Txurruka. Der nickte.

Dann wanderte Ibaras Blick zu der jungen Frau. »Wie geht es Ihnen?«

»Ganz gut. Glaube ich.« Pilar lächelte unsicher.

»Was Sie getan haben, war ziemlich mutig. Vielleicht ein bisschen dumm, aber auf jeden Fall mutig.«

Sie schien den Schock ganz gut weggesteckt zu haben. »Wieso dumm?«

»Wenn Ihr Gegner stärker oder geschickter gewesen wäre, hätte er Sie verletzen können.«

Sie lächelte unsicher. »Er ist nur ein alter, verbitterter Mann.«

»Kann sein.«

»Hätten Sie denn geschossen?«

Jetzt war es Ibara, der keine Antwort gab. Hätte er? Es war nicht das erste Mal, dass er mitansehen musste, wie ein Mensch bedroht wurde. Doch er hatte es immer geschafft, die Situation zu deeskalieren, bevor es zum Äußersten gekommen war. Zum Glück hatte er keine Gelegenheit gehabt, länger darüber nachzudenken, was dieser Mann mit Paola Ortiz angestellt hatte.

Er vermied es, Pilar anzusehen, und zerrte stattdessen de Pablo mit einem kräftigen Ruck auf die Füße. »Auf geht's, Joseba de Pablo. Wir nehmen Sie fest wegen versuchter Geiselnahme und des Verdachts, Paola Ortiz ermordet zu haben. Den Rest können Sie dann mit Comisario Arbós auf dem Revier klären.«

»Das dürfen Sie nicht! Ich will einen Anwalt!«

»Kriegen Sie.« Mit einem weiteren Ruck, der de Pablo aufschreien ließ, was Ibara ausnahmsweise einmal nicht leidtat, zog er den Verdächtigen mit sich aus dem Lagerraum. Nein, er war mehr als verdächtig. Er war der Mörder, da war Ibara sicher. Das zu beweisen würde sicher nur noch eine Formsache sein.

SAMSTAG, 27. SEPTEMBER

EPILOG

Ibara hievte die große Reisetasche in den Kofferraum und fragte sich, ob seine Tochter Steine eingepackt hatte. Oder wurde er doch allmählich alt?

Er wollte gerade die Kofferraumklappe schließen, als er Isobels Rufen hörte.

»Rafa, warte! Das muss auch noch mit!«

Sie schwankte unter einem überdimensionalen Rucksack, während sie näher kam. Dazu hatte sie ein Bündel Kleidung in den Armen.

»Spinnst du? Wir wollen nur zwei Wochen nach Brüssel und nicht auf Weltreise gehen.« Das Kleiderbündel entpuppte sich als mehrere dicke Winterjacken. »Vor allen nicht bis nach Grönland.«

»Du hast gesagt, es könnte kalt werden.«

»Ja, aber es wird kaum schneien und frieren. Es ist immer noch Ende September!«

Isobel schnaufte und ignorierte dann seinen missbilligenden Blick, indem sie die Jacken einfach zwischen die Reisetasche und hinter Ibaras winzig aussehenden Rollkoffer stopfte.

»Hast du gar nichts zum Anziehen mit, Rafa?«

»Es wird reichen, glaub mir.«

Sie gab ihre Versuche, eine weitere Daunenjacke unterzubringen, auf und hielt die verbliebenen Kleidungsstücke fest.

Ibara wartete. »Und jetzt?«, fragte er, als seine Tochter sich nicht rührte.

»Da kommt ein Auto«, war ihre Antwort.

Er wandte sich Richtung Hofeinfahrt. Ein älterer Peugeot 206 Cabrio näherte sich, trotz der herbstlichen Temperaturen mit offenem Verdeck. Basslastige Dancemusik schallte ihnen entgegen. Neugierig winkte Ibara dem Unbekannten zu. Wie aus dem Nichts erschien Whoopy und raste wild kläffend neben dem Auto her. Der Fahrer bremste ab und fuhr langsamer weiter, immer ein nervöses Auge auf die Hündin. Aus den Augenwinkeln beobachtete Ibara, wie Isobel die Gelegenheit nutzte, die beiden Jacken hinter den Beifahrersitz stopfte und dann zurück Richtung Haus lief, vermutlich, um weiteres Zeug anzuschleppen, das sie unbedingt mitnehmen musste.

Das Auto bremste einige Meter vor Ibara ab, und der Fahrer stellte den Motor aus. Die Musik erstarb. Whoopy bellte zweimal heiser, machte kehrt und rannte hinter den Hühnerstall.

»Raul, schön, dich zu sehen!«

Der Angesprochene löste den Sicherheitsgurt. »Ist der Hund gefährlich?«

»Keine Sorge, ich passe schon auf.« Ibara grinste breit.

Raul stieg nach einem kurzen Zögern aus und hielt Ibara sofort die Hand entgegen. »Ich wollte mich nur bedanken.«

Unschlüssig erwiderte Ibara den Gruß. Er war nicht ganz sicher, ob das nicht ironisch gemeint war, denn immerhin hatte er Raul gewissermaßen die Untersuchungshaft eingebrockt.

»Ich meine das ernst, du hast den Mörder meiner Frau überführt.«

Ibara lächelte erleichtert. »Wenn ich ehrlich bin, war es ein Griff nach dem sprichwörtlichen Strohhalm. Wäre de Pablo sicher gewesen, das richtige Rezeptbuch bereits in den Händen zu halten, wäre er nicht aufgetaucht.«

»Ich war bei Txurruka, irgendwie sind wir ja Leidensgenossen. Er hatte Rezepte, und er hat sie an dem Abend für das Büfett verwendet. Es war ein guter Plan – de Pablo konnte gar nicht anders. Er musste herausfinden, ob da mehr war als das, was er wusste.«

»Das, was er wusste, als er den anonymen Anruf bei uns gemacht hatte«, ergänzte Ibara. Wenigstens das hatten sie ihm bereits zweifelsfrei nachweisen können: Der Anruf war von de Pablos Smartphone aus gemacht worden. Natürlich behauptete er, er hätte es kurz unbeaufsichtigt liegen lassen, das müsse jemand anders gewesen sein. Doch das glaubte ihm wirklich niemand, vor allem nicht die Richterin, die den Fall bearbeitete. Es war dieselbe, die auch für Raul Forniers rasche Entlassung gesorgt hatte.

»Gibt es weitere Neuigkeiten?«

Raul schüttelte bedauernd den Kopf. »Er behauptet nach wie vor, das Rezeptbuch, das sie bei der Durchsuchung seines Hauses gefunden haben, schon lange zu besitzen. Ich habe meine Aussage gemacht, ich bin mir sicher, dass es das Exemplar ist, mit dem Paola gekocht hat. Jetzt sucht die Spurensicherung nach Hinweisen, dass das Buch irgendwo im Haus versteckt war. Staubpartikel, Geruchsspuren, was weiß ich. Ich bin allerdings skeptisch, dass sie etwas finden. Paola und ich hatten es so oft in den Fingern, dass es vermutlich mehr Spuren aus unserer Küche aufweist als etwas anderes Verwertbares.«

»Und was hast du jetzt vor? Willst du das *XoX* allein weiter betreiben?«

»Nein, auf keinen Fall.« Er blickte verlegen zu Boden. »Zu viele Erinnerungen. Dazu wüsste ich nicht, ob ich mir das leisten könnte. Das Haus gehört der Bank. Wenn ich das wieder verkaufe, wird kein nennenswerter Betrag übrig bleiben.«

»Verstehe.«

»Und den erben dann Verwandte von Paola. Es gibt weder ein Testament noch eine andere rechtliche Grundlage dafür, dass ich etwas abbekomme.« Er lachte, und es klang bitter. »Vielleicht nicht einmal das Rezeptbuch.«

»Das findet sich schon. Du kannst kochen, das weißt du selbst. Du brauchst keine alten Rezepte.«

»Einer meiner früheren Chefs hat mir angeboten, wieder bei ihm zu arbeiten. In Nizza.«

»Haben du und Paola dort nicht euren Kellner abgeworben?«

Raul schaute ihn wieder an. »Jean Vareilles? Ja, das ist richtig. Er kommt mit. Wenn ich ehrlich bin, war es sogar seine Idee. Es ist ein gutes Restaurant, kein herausragendes, aber direkt am Meer gelegen und mit einem treuen Stammpublikum. Jean ist von dort weggegangen, weil unser damaliger Chef laut über seinen Ruhestand nachgedacht hat. Das tut er immer noch, Jean meint aber, das wäre eine Chance, die ich vielleicht nutzen könnte. Ich kam mit dem Chef gut klar, Paola dagegen gar nicht. Das passt also jetzt alles.«

»Wie heißt es so schön: In jedem Ende steckt auch ein neuer Anfang.«

»Ist schon so, oder nicht? Und du, gehst du auf Reisen?«

»Ja, meine Tochter und ich besuchen einen Freund von mir in Brüssel und auf der Rückfahrt einen jungen Mann, an den sie, so glaubt sie, ihr Herz verloren hat.«

»Sie glaubt?«

»Sie ist sechzehn. Aber das ist ein anständiger Bursche. Ich werde ein väterliches Auge darauf haben, mich aber ansonsten nicht weiter einmischen.«

»Dann viel Glück und gute Fahrt! Ich breche am Montag nach Frankreich auf.«

»Danke, ebenso!«

Ibara winkte ihm hinterher, nachdem Raul gewendet hatte und wieder Richtung Einfahrt fuhr. Dort wäre er um ein Haar mit einem entgegenkommenden Auto zusammengekracht. Beide machten eine Vollbremsung, was Whoopy wieder auf den Plan rief. Mit hysterischem Bellen rannte sie im Halbkreis um die beiden Fahrzeuge herum.

»Das ist doch Casta, oder?« Isobel war mit einer Kühltasche zurückgekehrt und reckte neugierig den Hals.

»Glaube schon. Was will die denn?«

Offenbar hatten sich die Insassen der beiden Autos geeinigt, Raul setzte ein Stück zurück und ließ Zamorra auf den Hof fahren. Kurz darauf war er außer Sichtweite. Nur der Bass des Autoradios klang noch einige Sekunden nach.

Zamorra erblickte Ibara, winkte ihm zu und parkte neben der Scheune. Als sie die Autotür aufmachte, hörte er bereits Joshs Protestgeheul, weil er aus dem Kindersitz befreit werden wollte.

»Iso, geh und hol mal den kleinen Burschen da raus, ja?«

»Na klar. Whoopy, komm!« Begeistert japsend sprang die Hündin zwischen dem fremden Auto und ihrem Frauchen hin und her.

Ibara trat heran. »*Kaixo!* Was kann ich für euch tun? Wir haben leider nicht viel Zeit, Iso und ich fahren gleich los und wollen es heute noch bis Lyon schaffen.«

Zamorra zog die Schultern hoch und vergrub die Hände in ihrer Allwetterjacke. Dazu trug sie eine Outdoorhose und dicke Wanderstiefel. Zum zweiten Mal innerhalb kurzer Zeit keine Uniform.

»Wolltest du wandern?«

»Ja, eigentlich schon. Aber wenn ihr gleich wegfahrt? Ich hatte mir die Gegend hier ein wenig ansehen wollen und gehofft, dass ihr so lange auf Josh aufpasst.« Sie lachte verlegen. »Ziemlich dreist, tut mir leid.«

»Wieso dreist? Du solltest dir das hier genau ansehen, wenn du herziehen möchtest. Es ist nicht immer nur angenehm, hier zu wohnen. Wenn im Winter der Wind aus Richtung Atlantikküste weht, kann es ziemlich ruppig werden.

Die Bäume da vorne halten kaum etwas ab, der Hügel ist einem Sturm gnadenlos ausgesetzt.« Ibara hielt inne, weil sie unwillkürlich einige Schritte zurückgetreten war und nun mit der Fußspitze kleine Steine zusammenschob.

Er trat auf sie zu, wollte sie am Arm fassen, besann sich jedoch. »Casta, was ist? Schau mich an.«

Sie hob den Kopf und starrte ihn herausfordernd an.

Ibara konnte nur ahnen, wie schwer es ihr gefallen war, hergekommen zu sein. »Bitte sag, dass du dir die Gegend ansehen wolltest, um zu entscheiden, ob du herziehen möchtest.«

»Ja. Nein. Ich habe mich schon entschieden. Ich …« Jetzt machte sie doch erneut einen Schritt zurück und entzog sich ihm. »Die Miete wird zum Jahresende erhöht. Ich kann mir meine Wohnung nicht mehr leisten.«

Er nickte verständnisvoll. »Das ist eine gute Entscheidung. Und weißt du, was? Ich ziehe mir nur schnell andere Schuhe an, und dann komme ich mit. Iso und Whoopy passen auf Josh auf. Wenn wir zurück sind, gebe ich dir die Schlüssel, und wenn wir in vierzehn Tagen zurückkommen, bist du eingezogen. Einverstanden?« Er versuchte, nicht zu zeigen, wie sehr ihn das freute. Er mochte Casta Zamorra, aber er wollte vor allem, dass sie es zuließ, wenn er etwas für sie tun konnte. Und wenn das Schicksal in Form einer Mieterhöhung nachhalf, fand er das in diesem Fall nicht so schlimm.

»Ihr wolltet doch losfahren?« Sie schwankte mit hörbarem Zweifel in der Stimme, schien das Angebot aber nur zu gern annehmen zu wollen.

»Ob wir wirklich bis Lyon fahren oder nur bis Bordeaux, wen kümmert das? Wir haben nichts gebucht, der Weg ist das Ziel. Hauptsache, Isobel ist am Montag in Stuttgart und sieht ihren Lukas endlich wieder.«

Zamorras Blick verlor sich für einen Moment. Ibara ahnte, dass sie daran dachte, wie ihre Liebe damals angefangen hatte – und wie sie vor rund einem halben Jahr geendet hatte. Er konnte es ihr nachfühlen, doch er schwieg. Mitgefühl brachte sie inzwischen nicht mehr weiter, sie musste ihren eigenen Weg für sich und ihren Sohn finden.

Joshs fröhliches Rufen weckte Zamorra aus ihrer Versunkenheit. Er rannte hinter Isobel her, die sich immer wieder umdrehte und ihn anfeuerte. Whoopy folgte ihm begeistert wedelnd auf den Fersen und stupste ihm hin und wieder in die Kniekehle, als wollte sie ihn antreiben.

»Josh ist hier gut aufgehoben«, wiederholte Ibara. »Ich gehe jetzt meine Schuhe holen.«

»Also gut, aber beeil dich.« Zamorra lachte.

Ibara wandte sich ab und lief zum Haus. Dieses Lachen, fand er, hatte doch ziemlich erleichtert geklungen. Und darüber freute er sich.

DANKSAGUNG

2020 – ein ausgesprochen seltsames Jahr liegt hinter mir und der ganzen Welt. Ich habe unter dem Eindruck all der Geschehnisse um die Corona-Pandemie zwei Bücher geschrieben. Ende des Jahres sagten viele, sie wären froh, wenn 2020 endlich vorüber wäre. Ich fragte mich dann immer, ob sie davon ausgingen, dass sich COVID-19 zum 31. Dezember einfach in Luft auflösen würde. Also im Sinne von sprichwörtlich dann »nicht mehr da« wäre. Ich war dagegen, ganz anders als mein ewig zuversichtlicher Comisario Rafael Ibara, eher skeptisch, und das erste Halbjahr 2021 bestätigt mich.

Es bleiben einige Fragen.

Wie werden wir in Zukunft Bücher veröffentlichen? Die gesamte Kulturbranche hatte zwangsläufig den Betrieb eingestellt. Das war auch richtig. Doch es hat gezeigt, wie prekär die Situation für viele Schreibende und künstlerisch Tätige bereits war – und besser wird sie nicht werden.

Umso wichtiger empfinde ich es als meine Pflicht, mir gute Geschichten auszudenken und Bücher zu schreiben. Daher sage ich umso nachdrücklicher Danke an meinen Agenten Niclas Schmoll, der in den vergangenen Monaten einiges möglich gemacht hat. Danke an den Verlag Harper Collins, dass Rafael Ibara ein zweites Mal ermitteln darf, nachdem Band 1 zum »unsichtbaren Programm« gehört und – wie so viele Bücher – viel seltener entdeckt werden konnte, als der Roman es verdient. Die guten Rezensionen für »Baskischer Tod« sprechen schließlich für sich.

Danke an Thorben Buttke und Monika Buchmeier im Lektorat und Danke an die Programmleiterin Heide Kloth, die Band 2 trotz aller Umstände eingeplant hat.

Rafael Ibara würde sagen: Irgendwie geht es doch immer weiter. Vermutlich hat er recht. Ich hoffe es.

J. Z. im August 2021